Anton Tschechow

Der Taugenichts

Geschichten in Grau

Tschechow, Anton Pawlowitsch
Der Taugenichts
Geschichten in Grau

ISBN: 978-3-86267-461-9

Auflage: 1
Erscheinungsjahr: 2011
Erscheinungsort: Bremen, Deutschland
Coverbild: Ausschnitt aus dem Gemälde von Walentin Serow "Im Winter. 1898".

Textgrundlage für diese Edition ist die Ausgabe Anton Tschechow *Geschichten in Grau* aus dem Musarion Verlag, München (1920). Die Übersetzung wurde der neuen Rechtschreibung angepasst, die Transkription russischer Eigennamen folgt der Duden-Umschrift.

Europäischer Literaturverlag GmbH, Fahrenheitstr. 1, 28359 Bremen (www.elv-verlag.de).

Der Taugenichts

Geschichten in Grau

www.elv-verlag.de

Inhalt:

Der Taugenichts 2
Das Ende des Komödianten 117
Im Alter 126
Der Typhus 133
Wolodja 142
Jonytsch 158

Der Taugenichts[1]

1

Mein Chef sagte mir: »Ich behalte Sie nur mit Rücksicht auf Ihren ehrenwerten Herrn Vater, sonst wären Sie schon längst hinausgeflogen.« Ich antwortete: »Exzellenz tun mir zu viel Ehre an, wenn Sie annehmen, dass ich fliegen kann.« Und dann hörte ich ihn noch sagen: »Schaffen Sie diesen Herrn fort, er geht mir auf die Nerven.«

Nach zwei Tagen war ich entlassen. So habe ich, seitdem ich sozusagen erwachsen bin, zum großen Kummer meines Vaters, des Stadtarchitekten, bereits neun Stellungen gewechselt. Ich war in allen möglichen Ressorts angestellt gewesen, aber alle neun Stellungen glichen sich wie die Wassertropfen: Überall musste ich sitzen, schreiben, dumme oder rohe Bemerkungen anhören und warten, dass man mich entlässt.

Mein Vater saß, als ich zu ihm kam, tief in seinem Sessel und hielt die Augen geschlossen. Sein mageres, trockenes Gesicht mit einem bläulichen Schimmer auf den rasierten Stellen – (er hatte einige Ähnlichkeit mit einem katholischen Organisten) drückte Demut und Ergebenheit aus. Ohne meinen Gruß zu erwidern und ohne die Augen zu öffnen, sagte er zu mir:

»Wenn meine teure Frau, deine Mutter, noch lebte, so wäre dein Leben für sie eine Quelle unaufhörlicher Schmerzen. In ihrem frühen Tode erblicke ich Gottes Vorsehung. Ich bitte dich, du Elender«, fuhr er fort, die Augen öffnend, »sag' einmal selbst, was soll ich mit dir machen?«

In früheren Jahren, als ich noch jünger war, wussten alle meine Verwandten und Bekannten sehr gut, was mit mir zu machen wäre: Die einen rieten zum einjährigen Dienst, andere zu einer Stellung in einer Apotheke, und die dritten zu

---

[1] Übersetzt von Alexander Eliasberg.

einer am Telegraf. Jetzt, wo ich fünfundzwanzig Jahre alt bin und die ersten grauen Haare an den Schläfen habe, wo ich bereits Einjähriger, Apothekerlehrling und Telegrafist gewesen bin, scheint alles Irdische für mich erschöpft, und man rät mir nichts mehr, sondern seufzt nur oder schüttelt den Kopf.

»Was denkst du dir eigentlich?«, fuhr mein Vater fort. »Andere junge Leute haben in deinem Alter schon eine sichere soziale Position; aber was bist du? Ein Proletarier, ein Bettler, der seinem Vater zur Last fällt!«

Und er begann, seiner Gewohnheit gemäß, davon zu sprechen, dass die Jugend von heute an Unglauben, Materialismus und übermäßiger Einbildung zugrunde gehe und dass man die Liebhaberaufführungen verbieten müsse, weil sie die jungen Leute von der Religion und von ihren Pflichten ablenkten.

»Morgen gehen wir zusammen hin, du wirst deinen Chef um Entschuldigung bitten und ihm versprechen, deine Pflicht gewissenhaft zu tun«, so schloss er seine Rede. »Keinen einzigen Tag darfst du ohne eine soziale Position bleiben.«

»Ich bitte Sie, hören Sie mich an, sagte ich mürrisch. Ich erwartete nichts Gutes von diesem Gespräch. »Das, was Sie eine gesellschaftliche Position nennen, ist ein Privileg des Kapitals und der Bildung. Aber die Besitzlosen und die Ungebildeten verdienen sich ihr Stück Brot durch körperliche Arbeit, und ich sehe gar nicht ein, warum ich eine Ausnahme bilden soll.«

»Wenn du von körperlicher Arbeit zu sprechen anfängst, so sind deine Worte immer dumm und abgeschmackt!«, sagte mein Vater gereizt. »Begreif es doch, du stumpfsinniger Mensch, begreife es doch, du Schafskopf, dass du außer der rohen körperlichen Kraft auch noch einen Geist Gottes, ein heiliges Feuer in dir hast, das dich im höchsten Masse vom Esel oder vom Reptil unterscheidet und der Gottheit nahebringt! Dieses Feuer ist im Laufe von Jahrtausenden von den besten unter den Menschen gewonnen worden. Dein Urgroßvater, der General Polosnjew hat bei Borodino gekämpft, dein Großvater war Dichter, Redner und Adelsmarschall, dein Onkel – Schulmann, und endlich ich, dein Vater, bin Architekt. Alle Polosnjews haben das heilige Feuer gehütet, nur damit du es auslöschst!«

»Man muss gerecht sein«, sagte ich. »Der körperlichen Arbeit unterziehen sich Millionen von Menschen.«

»Sollen sie sich ihr nur unterziehen! Sie können eben nichts anderes. Körperliche Arbeit kann jeder leisten, selbst der größte Dummkopf und Verbrecher, sie charakterisiert den Sklaven und den Barbaren, während das heilige Feuer nur wenigen gegeben ist!«

Dieses Gespräch fortzusetzen, hatte gar keinen Zweck. Mein Vater vergötterte sich, und für ihn war nur das überzeugend, was er selbst sagte. Außerdem wusste ich sehr gut, dass der Hochmut, mit dem er über die körperliche Arbeit sprach, weniger auf den Erwägungen bezüglich des heiligen Feuers beruhte, als auf der Angst, dass ich wirklich Arbeiter und der ganzen Stadt zum Spott werden könnte; vor allem aber hatten schon alle meine Altersgenossen die Universität absolviert und waren auf dem besten Wege, Karriere zu machen; der Sohn des Reichsbankdirektors z. B. besaß schon den Rang eines Kollegienassessors, ich aber, sein einziger Sohn, war noch nichts! Dieses Gespräch fortzusetzen, war zwecklos und unangenehm, aber ich saß noch immer da und machte schwächliche Einwendungen in der Hoffnung, dass er mich vielleicht am Ende doch verstehen würde. Für mich war ja die ganze Frage ganz einfach und sonnenklar: Es handelte sich nur noch darum, auf welche Weise ich mein Stück Brot verdienen könnte. Aber mein Vater wollte das Einfache nicht einsehen, sondern sprach in gedrechselten, süßlichen Sätzen von Borodino, vom heiligen Feuer, von meinem Onkel, dem vergessenen Dichter, der einst schlechte, verlogene Gedichte geschrieben, und nannte mich in seiner rohen Art einen

Schafskopf und einen stumpfsinnigen Menschen. Und ich sehnte mich so sehr danach, verstanden zu werden! Trotz alledem liebe ich aber meinen Vater und meine Schwester, und die kindliche Gewohnheit, sie in allen Dingen um Erlaubnis zu fragen, ist in mir so tief eingewurzelt, dass ich mich von ihr wohl kaum jemals freimache; ganz gleich, ob ich im Recht oder Unrecht bin, ich fürchte immer, ihnen Kummer zu bereiten, fürchte, dass mein Vater einen roten Hals bekommt oder dass ihn gar der Schlag trifft.

»In einem dumpfen Zimmer zu sitzen«, sagte ich, »Papiere abzuschreiben und mit einer Schreibmaschine zu konkurrieren, ist für einen Menschen in meinem Alter beschämend und beleidigend. Wie kann da überhaupt von einem heiligen Feuer die Rede sein!«

»Es ist immerhin geistige Arbeit«, entgegnete mein Vater. »Aber genug, brechen wir dieses Gespräch ab. Doch für jeden Fall muss ich dich warnen: Wenn du deinen Dienst nicht wieder antrittst und deinen verächtlichen Neigungen folgst, so entziehen wir dir, ich und meine Tochter, unsere Liebe. Ich werde dich enterben, das schwöre ich dir bei Gott!«

Ich sagte darauf ganz aufrichtig, nur um die Reinheit der Motive, von denen ich mich mein Leben lang leiten lassen wollte, zu zeigen:

»Diese Frage erscheint mir nicht so wichtig. Ich verzichte auf die Erbschaft schon von vornherein.«

Diese Worte verletzten meinen Vater ganz wider Erwarten äußerst schwer. Er wurde über und über rot.

»Untersteh dich nicht, mit mir so zu sprechen, Dummkopf!«, schrie er mit einer dünnen, kreischenden Stimme. »Du Taugenichts!« Und er versetzte mir mit einer geschickten, gewohnten Bewegung schnell hintereinander zwei Ohrfeigen. »Du vergisst dich letztens gar zu oft!«

In meiner Kindheit musste ich, wenn mich mein Vater schlug, stramm, die Hände an der Hosennaht, stehen und ihm gerade ins Gesicht sehen. Und wie er mich jetzt schlug, fiel ich gleichsam in meine Kinderjahre zurück, und stand stramm und sah ihm in die Augen. Mein Vater war alt und sehr mager, seine Muskeln waren aber wohl dünn und zäh wie Riemen, denn seine Schläge taten sehr weh.

Ich zog mich ins Vorzimmer zurück, aber hier ergriff er seinen Regenschirm und schlug mich damit einige Mal auf Kopf und Schultern; in diesem Augenblick öffnete meine Schwester die Wohnzimmertüre, um zu sehen, woher der Lärm komme; als sie die Szene sah, wandte sie sich sofort mit einem Ausdruck von Mitleid und Schreck wieder fort, ohne auch nur ein Wort für mich einzulegen.

Mein Entschluss, in die Kanzlei nicht zurückzukehren, sondern ein neues Arbeitsleben zu beginnen, stand undankbar fest. Es blieb mir nur noch übrig, die Art der Arbeit zu wählen, und das erschien mir nicht sonderlich schwer, da ich mich für außerordentlich stark, ausdauernd und jeder Arbeit gewachsen hielt. Mir stand ein eintöniges Arbeitsleben mit Hunger, Armeleutegeruch, Rohheit und der ständigen Sorge um das tägliche Brot bevor, und – wer weiß? – vielleicht werde ich, wenn ich durch die Große Adelsstraße von der Arbeit heimgehe, mehr als einmal den Ingenieur Dolschikow beneiden, der von geistiger Arbeit lebt; aber jetzt freute es mich nur, an alle meine zukünftigen Schwierigkeiten zu denken. Einst hatte ich von einer geistigen Tätigkeit geträumt und mich schon als Lehrer, Arzt oder Dichter gesehen, aber die Träume blieben eben Träume. Der Hunger nach geistigen Genüssen – z. B. nach Theater und Büchern, war in mir bis zur Leidenschaft entwickelt, ob ich aber auch die Fähigkeit besaß, mich auf diesen Gebieten selbst zu betätigen, das weiß ich nicht. Auf dem Gymnasium hatte ich eine unüberwindliche Abneigung gegen Griechisch, sodass ich aus der vierten Klasse austreten musste. Lange Zeit nahm ich Privatunterricht und bereitete mich für die fünfte Klasse vor; dann diente ich in den verschiedenen Ressorts, wobei ich den größten Teil des Tages nichts zu tun hatte, aber das nannte man geistige Arbeit! Das Studium und der Staatsdienst erforderten weder Geistesanspannung, noch Talente, weder persönliche Fähigkeiten, noch schöpferischen Aufschwung: Sie waren rein mechanisch. Solche geistige Arbeit schätze ich aber viel niedriger als die körperliche ein, ich verachte sie und glaube nicht, dass sie ein müßiges, sorgloses Leben auch nur einen Augenblick lang zu rechtfertigen vermag, da sie doch selbst nur Betrug und eine Form von Müßiggang ist. Die wahre geistige Arbeit habe ich wahrscheinlich nie gekannt. Der Abend brach an. Wir wohnten in der Großen Adelsstraße, der Hauptstraße unserer Stadt, auf der in den Abendstunden in Ermangelung eines ordentlichen Stadtgartens unsere vornehme Welt zu promenieren pflegte. Diese schöne Straße ersetzte zum Teil einen Garten, da sie zu beiden Seiten von Pappeln eingefasst war, die, besonders nach einem Regen, herrlich dufteten, und aus den Gartenzäunen Akazien, Fliederbüsche, Faul- und Apfelbäume hervorlugten. Die Maiendämmerung, das zarte, junge Grün voller Schatten, der Fliederduft, das Summen der Käfer, die Stille, die Wärme – wie neu und ungewöhnlich war das alles, obwohl es sich jedes Jahr wiederholte! Ich stand vor der Gartenpforte und sah mir die Spaziergänger an. Mit den meisten von ihnen war ich aufgewachsen und hatte als Kind gespielt; jetzt wäre ihnen aber meine Bekanntschaft peinlich gewesen, denn ich war ärmlich und nicht nach der Mode gekleidet, und meine engen Hosen und plumpen Stiefel waren allen zum Spott. Zudem stand ich überhaupt in schlechtem Ruf, da ich keine gesellschaftliche Position besaß und oft in billigen Gasthäusern Billard spiele; außerdem vielleicht auch aus dem Grunde, weil man mich zweimal ohne den geringsten Anlass meinerseits auf die Gendarmerie vorgeladen hatte.

Im großen Hause gegenüber, beim Ingenieur Dolschikow, spielte man Klavier. Es dunkelte, und am Himmel leuchteten die Sterne auf. Da kommt langsam, in seinem altmodischen Zylinder mit breiter, nach oben gebogener Krempe, nach allen Seiten grüßend, Arm in Arm mit meiner Schwester mein Vater gegangen.

»Sieh einmal!«, sagt er zu meiner Schwester und zeigt mit demselben Regenschirm, mit dem er mich vorhin geprügelt, nach oben: »Sieh den Himmel! Die Sterne, selbst die winzigsten unter ihnen sind ganze Welten! Wie nichtig ist doch der Mensch im Vergleich zum Weltall!«
Und das sagte er in einem Ton, als ob es ihm schmeichelhaft und angenehm wäre, so nichtig zu sein. Was war er doch für ein talentloser, unbedeutender Mensch! Leider war er unser einziger Architekt, und aus diesem Grunde ist bei uns in den letzten fünfzehn – zwanzig Jahren kein einziges anständiges Haus erstanden. Wenn man bei ihm einen Plan bestellte, so zeichnete er immer zuerst einen Saal und ein Wohnzimmer; ebenso wie die Institutsschülerinnen der guten alten Zeit nur von einer bestimmten Stelle des Zimmers, nämlich vom Ofen zu tanzen verstanden, so vermochte sich die künstlerische Fantasie meines Vaters nur vom Saal und Wohnzimmer aus zu entfalten. Daran zeichnete er ein Esszimmer, ein Kinderzimmer und ein Kabinett und verband alle diese Räume durch Türen, sodass jedes Zimmer zu einem Durchgangszimmer wurde und je zwei oder auch drei Türen zu viel hatte. Seine Fantasie war augenscheinlich verworren und dürftig; als fühlte er, dass irgendetwas fehlte, griff er jedes Mal zu allerlei Anbauten, die er einfach aneinanderreihte. Ich sehe auch heute noch die engen Vorzimmer und Korridore, die krummen Treppchen zum Zwischenstock, wo man nur gebückt stehen konnte und wo drei Riesenstufen in der Größe von Pritschen den Fußboden ersetzten. Die Küche befand sich aber unbedingt im Kellergeschoss und hatte eine gewölbte Decke und einen Ziegelfußboden. Die Fassade blickte eigensinnig und langweilig drein und hatte trockene, nichtssagende Linien; das Dach war niedrig und flach, und auf den dicken, gleichsam geschwollenen Schornsteinen saßen unbedingt Drahtkappen mit schwarzen quietschenden Wetterfahnen. Alle diese von meinem Vater erbauten Häuser ähnelten sich und erinnerten mich aus irgendeinem Grunde an seinen Zylinderhut und seinen trockenen und eigensinnigen Na-

cken. Im Laufe der Zeit gewöhnte man sich in der Stadt an die Geschmacklosigkeit meines Vaters, sie fasste Wurzeln und wurde zu unserm Stil.

Nach dem gleichen Stil gestaltete er auch das Leben meiner Schwester. Es begann damit, dass er sie Kleopatra taufte (mich hatte er aber Missail genannt). Als sie noch ein Kind war, machte er ihr mit seinen Reden über die Sterne, über die alten Weisen und über unsere Ahnen Angst, erklärte ihr lang und breit, was das Leben und was die Pflicht sei; und auch jetzt, da sie bereits sechsundzwanzig Jahre alt war, betrieb er ihre Erziehung auf die gleiche Weise und erlaubte ihr, nur mit ihm allein Arm in Arm zu gehen. Aus irgendeinem Grunde bildete er sich ein, es müsse früher oder später ein anständiger junger Mann kommen, der sie aus Achtung vor den Tugenden ihres Vaters heiraten würde. Sie aber betete den Vater an und glaubte an seinen ungewöhnlichen Geist.

Es war ganz dunkel geworden, und die Straße leerte sich allmählich. Im Hause war das Klavierspiel verstummt. Das Tor wurde weit geöffnet, und über unsere Straße rollte mit gedämpftem Schellengeläute eine Troika. Der Ingenieur fuhr mit seiner Tochter spazieren. Es war Zeit zum Schlafen.

Ich hatte zwar im Hause mein eigenes Zimmer, wohnte aber auf dem Hofe in einer Hütte, die an einen Stall angebaut war. Die Hütte hatte einst zum Aufbewahren von Pferdegeschirr gedient, und in den Wänden steckten große Haken. Jetzt stand sie leer, und mein Vater benutzte sie als Ablage für seine Zeitungen, die er halbjährlich binden ließ und die niemand anrühren durfte. Wenn ich hier wohnte, kam ich meinem Vater und seinen Gästen weniger unter die Augen, und es schien mir, dass, wenn ich nicht in einem richtigen Zimmer wohnte und nicht jeden Tag zu Hause zu Mittag aß, die Worte meines Vaters, dass ich ihm zur Last falle, weniger verletzend seien.

Meine Schwester erwartete mich schon. Sie brachte mir heimlich mein Abendessen: ein kleines Stück kaltes Kalbfleisch und eine Scheibe Brot. Bei uns zu Hause hieß es immer: »Wer den Pfennig nicht ehrt, ist des Talers nicht wert.« Meine Schwester stand unter dem Drucke solcher Redensarten und dachte nur noch daran, wie sie die Ausgaben vermindern könnte; deshalb aß man bei uns im Allgemeinen schlecht. Sie stellte den Teller auf den Tisch, setzte sich auf mein Bett und fing zu weinen an.

»Missail«, sagte sie, »was tust du uns an?«

Sie bedeckte ihr Gesicht nicht, die Tränen fielen ihr auf Brust und Hände, und ihre Züge drückten tiefe Trauer aus. Sie sank auf das Kissen, ließ den Tränen freien Lauf, zitterte am ganzen Leibe und schluchzte.

»Du hast schon wieder deine Stellung verloren«, sagte sie. »Wie schrecklich ist das!«

»Aber so höre doch, Schwester, begreife mich ...«, fing ich an. Ihre Tränen brachten mich zur Verzweiflung.

Wie zum Trotz war das Petroleum in meinem Lämpchen ausgebrannt; es qualmte und wollte verlöschen. Die alten Haken an den Wänden blickten streng drein, und ihre Schatten bewegten sich.

»Erbarme dich unser!«, sagte meine Schwester, sich vom Bette erhebend. »Unser Vater ist tief unglücklich, und ich bin krank und fürchte den Verstand zu verlieren. Was wird aus dir?«, fragte sie schluchzend, die Hände nach mir ausstreckend. »Ich bitte dich, ich flehe dich im Namen unserer verstorbenen Mutter an: Geh wieder in Stellung!«

»Ich kann nicht, Kleopatra!«, sagte ich, obwohl ich fühlte, dass nicht mehr viel fehlte, dass ich mich ergebe. »Ich kann nicht!«

»Warum denn nicht?«, fuhr meine Schwester fort. »Warum? Nun, wenn du dich mit deinem Chef nicht vertragen kannst, so suche dir eine andere Stellung. Warum sollst du zum Beispiel nicht zur Eisenbahn gehen? Ich habe eben mit Anjuta Blagowo gesprochen; sie behauptet, dass man dich bei der

Eisenbahn ganz bestimmt nehmen wird, und verspricht sogar, sich für dich zu verwenden. Um Gottes willen, Missail, überlege es dir! Ich flehe dich an!«

Wir sprachen noch ein Weilchen, und ich gab schließlich nach. Ich sagte ihr, dass der Gedanke an eine Stellung beim Eisenbahnbau mir noch gar nicht gekommen und dass ich nicht abgeneigt sei, die Sache zu probieren.

Sie lächelte freudig unter Tränen und drückte mir die Hand. Sie weinte fort und konnte sich lange nicht beruhigen. Ich aber ging in die Küche nach Petroleum.

2

Unter den Veranstaltern von Liebhaberaufführungen, Konzerten und lebenden Bildern zu wohltätigen Zwecken spielten in unserer Stadt die Aschogins, die im eigenen Hause auf der Großen Adelstraße wohnten, die erste Rolle; sie gaben jedes Mal ihre Räume her und übernahmen alle Scherereien und Auslagen. Diese reiche Gutsbesitzersfamilie besaß im Landkreise ein Gut von dreitausend Dessjatinen mit einem herrlichen Herrenhause, liebte aber das Landleben nicht und wohnte im Winter wie im Sommer in der Stadt. Die Familie bestand aus der Mutter, einer groß gewachsenen, hageren, vornehmen Dame, die die Haare kurz geschoren trug und sich nach englischer Mode kleidete, und aus drei Töchtern, die man niemals bei ihren Namen nannte, sondern einfach mit die Älteste, die Mittlere, die Jüngste bezeichnete. Alle drei Töchter hatten ein spitzes Kinn, waren unschön und kurzsichtig, hielten sich gebückt, kleideten sich wie die Mutter und lispelten höchst unangenehm. Trotzdem nahmen sie unbedingt an jeder Vorstellung teil und betätigten sich immer zu wohltätigen Zwecken; entweder spielten sie, rezitierten oder sangen. Sie waren sehr ernst und lächelten niemals; selbst in Possen mit Gesang spielten sie ohne den leisesten

Humor, mit einem so geschäftsmäßigen Ausdruck, als wenn sie Buchhaltung trieben.

Ich liebte unsere Aufführungen und ganz besonders die häufigen, etwas unordentlichen, geräuschvollen Proben, nach denen man immer ein Abendbrot bekam. An der Auswahl der Stücke und der Verteilung der Rollen beteiligte ich mich nicht. Ich betätigte mich nur hinter den Kulissen. Ich malte die Dekorationen, schrieb die Rollen ab, soufflierte, schminkte die Darsteller und sorgte für solche Effekte wie Donner, Nachtigallenschlag usw. Da ich weder eine gesellschaftliche Position noch anständige Kleider besaß, hielt ich mich bei den Proben abseits, im Schatten der Kulissen und schwieg.

Die Dekorationen malte ich bei den Aschogins auf dem Hofe oder im Stall. Mir half dabei der Maler oder »Unternehmer für Malerarbeiten«, wie er sich nannte, Andrej Iwanow. Es war ein Mann von etwa fünfzig Jahren, groß, sehr mager und blass; er hatte eine eingefallene Brust, eingedrückte Schläfen und blaue Ringe um die Augen und sah sogar etwas unheimlich aus. Er litt an irgendeiner auszehrenden Krankheit, und jeden Herbst und Frühling hieß es von ihm, dass er sterbe. Aber er stand immer wieder auf und sagte dann verwundert: »Ich bin nun wieder nicht gestorben!«

In der Stadt nannte man ihn »Rettich« und behauptete, dass das sein richtiger Name sei. Er liebte das Theater ebenso wie ich, und sobald er hörte, dass man wieder eine Liebhaberaufführung plane, ließ er alle seine Arbeiten liegen und ging zu den Aschogins, um Dekorationen zu malen.

Am Tage nach der Aussprache mit meiner Schwester arbeitete ich vom frühen Morgen an bei den Aschogins. Die Probe war auf sieben Uhr abends angesetzt, und eine Stunde vor Beginn hatten sich schon alle Liebhaber im Saale versammelt. Die Älteste, die Mittlere und die Jüngste gingen auf und ab und lasen ihre Rollen. Rettich lehnte schon in seinem langen rotbraunen Mantel mit einem Tuch um den Hals an der Wand und blickte mit andächtigen Augen auf die Bühne.

Frau Aschogina-Mutter ging bald auf den einen, bald auf den anderen Gast zu und sagte einem jeden etwas Angenehmes. Sie hatte die Manier, einen jeden scharf ins Gesicht zu blicken und so leise zu sprechen, als wären es lauter Geheimnisse.

»Es muss doch recht schwer sein, Dekorationen zu malen«, sagte sie leise zu mir. »Als Sie eintraten, sprach ich gerade mit Madame Muffke von den Vorurteilen. Mein Gott, ich habe mein ganzes Leben lang gegen die Vorurteile gekämpft! Um die Dienstboten von der Grundlosigkeit des Aberglaubens zu überzeugen, pflege ich stets drei Lichter anzuzünden und alles Wichtige am Dreizehnten zu beginnen.«

Nun kam die Tochter des Ingenieurs Dolschikow, eine üppige, schöne Blondine, die, wie man sich erzählte, lauter Pariser Sachen trug. Sie spielte nicht mit, aber bei allen Proben stand stets ein Stuhl für sie auf der Bühne bereit, und man begann mit der Vorstellung nicht eher, als bis sie, strahlend und alle durch ihre Toiletten in Verwunderung versetzend, in der ersten Reihe erschien. Als Großstädterin hatte sie das Privilegium, während der Proben Bemerkungen zu machen, und sie machte sie mit einem freundlichen, herablassenden Lächeln, dem man ansehen konnte, dass sie unsere Aufführungen als ein Kinderspiel betrachtete. Man erzählte sich, sie hätte am Petersburger Konservatorium Gesang studiert und wäre sogar einen ganzen Winter lang in einer Operntruppe aufgetreten. Sie gefiel mir außerordentlich, und ich pflegte sie bei den Proben und Aufführungen nicht aus den Augen zu lassen.

Ich hatte schon das Heft in die Hand genommen, um mit dem Souffleren zu beginnen, als plötzlich meine Schwester erschien. Ohne Mantel und Hut abzulegen, ging sie auf mich zu und sagte:

»Ich bitte dich, komm mit!«

Ich folgte ihr. Hinter der Bühne stand in der Türe Anjuta Blagowo, gleichfalls in Hut, mit einem dunklen Schleier vor dem Gesicht. Sie war die Tochter des Vizepräsidenten des

Kreisgerichts, der schon sehr lange, fast seit der Gründung des Gerichtshofes in unserer Stadt amtierte. Da sie groß und schön gewachsen war, wirkte sie obligatorisch an den lebenden Bildern mit, und wenn sie irgendeine Fee oder Ruhmesgöttin darstellte, glühte ihr Gesicht vor Scham; aber in den Stücken spielte sie nicht mit und kam zu den Proben immer nur im Vorbeigehen, wenn sie jemand sprechen musste. Auch jetzt war sie offenbar nur auf dem Sprunge hier.

»Mein Vater hat von Ihnen erzählt«, sagte sie trocken, ohne mich anzusehen und errötete. »Dolschikow hat eine Stelle für Sie bei der Bahn in Aussicht gestellt. Gehen Sie morgen zu ihm hin, er wird zu Hause sein.«

Ich verbeugte mich und dankte für die Bemühungen.

»Das können Sie übrigens lassen«, sagte sie, auf mein Soufflierheft zeigend.

Dann gingen sie und meine Schwester auf die Frau Aschogina zu und tuschelten eine Weile mit ihr, zu mir herüberblickend. Sie schienen etwas zu beraten.

»In der Tat«, sagte Frau Aschogina leise, an mich herantretend und mir gerade ins Gesicht blickend: »in der Tat, wenn Sie das von ernsthafter Beschäftigung ablenkt«, sie nahm mir das Heft aus der Hand, »so können Sie das jemand anders übergeben. Machen Sie sich darüber keine Sorgen, lieber Freund, gehen Sie mit Gott.«

Ich verabschiedete mich von ihr und ging verlegen hinaus. Auf der Treppe sah ich auch meine Schwester und Anjuta Blagowo weggehen. Sie sprachen eifrig über etwas, wahrscheinlich über meinen Eintritt in den Eisenbahndienst, und hatten es sehr eilig. Meine Schwester war bisher noch niemals bei einer Probe gewesen; daher hatte sie wohl jetzt Gewissensbisse und fürchtete, der Vater könnte erfahren, dass sie ohne seine Erlaubnis bei den Aschogins gewesen war.

Ich ging zu Dolschikow am nächsten Tag, bald nach zwölf. Ein Diener führte mich in ein sehr schönes Zimmer, das dem Ingenieur als Empfangszimmer und zugleich als Arbeitszimmer diente. Hier war alles weich, elegant und kam einem Menschen wie mir, der so etwas noch nie gesehen hatte, sogar seltsam vor. Lauter teure Teppiche, riesengroße Sessel, Bronzen, Bilder in Gold- und Plüschrahmen; an den Wänden Fotografien, die sehr schöne Frauen mit klugen Gesichtern in ungezwungenen Posen darstellten; eine Tür führte aus dem Empfangszimmer auf die Veranda und in den Garten, und ich sah Fliederbüsche, einen gedeckten Tisch mit vielen Flaschen und einem Rosenstrauß; alles duftete nach Frühling, nach teuren Zigarren, alles atmete Glück und alles schien sagen zu wollen: Siehst du, dieser Mensch hat sein Leben lang gearbeitet und schließlich alles Glück erreicht, das auf dieser Welt möglich ist. Am Schreibtische saß die Tochter des Ingenieurs und las in einer Zeitung.

»Sie kommen zu meinem Vater?«, fragte sie. »Er nimmt gerade eine Dusche, gleich wird er kommen. Bitte, setzen Sie sich.«

Ich setzte mich.

»Sie wohnen, glaube ich, uns gegenüber?«, fragte sie wieder nach einer Pause.

»Jawohl.«

»Vor Langweile schaue ich oft zum Fenster hinaus. Sie müssen es entschuldigen«, fuhr sie fort, in die Zeitung blickend, »ich sehe oft Sie und Ihre Schwester. Sie hat einen so gutmütigen und besorgten Gesichtsausdruck.«

Nun kam Dolschikow herein. Er trocknete sich mit einem Handtuch den Hals ab.

»Papa, es ist Herr Polosnjew«, sagte die Tochter.

»Ja, ja, Blagowo hat mir schon von Ihnen erzählt«, wandte er sich lebhaft an mich, ohne mir die Hand zu reichen. »Aber, hören Sie einmal, was soll ich für Sie tun? Was habe ich für Stellen zu vergeben? Ihr seid doch wirklich merkwürdige Menschen!«, fuhr er sehr laut fort, in einem Tone, als ob er mir eine Rüge erteilte. »Täglich kommen an die zwanzig

Menschen zu mir, die sich einbilden, dass ich hier ein Ministerium habe! Ich habe ja nur die Bauarbeiten unter mir, meine Herren, und kann nur Schwerarbeiter brauchen: Mechaniker, Schlosser, Erdarbeiter, Tischler, Brunnengräber. Ihr alle versteht aber nur in den Schreibstuben zu hocken. Ihr seid alle nichts als Schreiber!«

Er atmete dasselbe Glück wie seine Teppiche und Sessel. Voll, gesund, rotbackig, mit breiter Brust, frisch gewaschen, in farbigem Kattunhemd und Pluderhose, sah er wie ein Spielzeug, wie ein Kutscher aus Porzellan aus. Er hatte ein rundes, lockiges Bärtchen ohne ein einziges graues Haar, eine Adlernase und dunkle, klare, unschuldige Augen.

»Was verstehen Sie zu tun?«, fuhr er fort. »Gar nichts verstehen Sie! Ich bin Ingenieur und gut versorgt, aber bevor ich diese Eisenbahn bekam, musste ich lange schuften. Ich bin als Maschinist auf der Lokomotive herumgefahren und habe ganze zwei Jahre als einfacher Wagenschmierer in Belgien gearbeitet. Urteilen Sie nun selbst, mein Bester, was für eine Arbeit soll ich Ihnen anbieten?«

»Gewiss, das stimmt ...«, stotterte ich in höchster Aufregung. Der Blick seiner klaren, unschuldigen Augen irritierte mich.

»Verstehen Sie wenigstens mit einem Telegrafenapparat umzugehen?«, fragte er nach einiger Überlegung.

»Ja, ich habe schon den Telegrafen bedient.«

»Hm ... Nun, wir wollen sehen. Gehen Sie vorläufig nach Dubetschnja. Ich habe dort schon einen sitzen, aber der ist ein ganz unmöglicher Kerl.«

»Worin wird meine Tätigkeit bestehen?«, fragte ich.

»Das wird sich schon zeigen. Gehen Sie nur hin, ich werde das Nötige anordnen. Aber um das eine muss ich Sie bitten: dass Sie mir nicht trinken und mich mit keinen Bittschriften behelligen. Sonst jage ich Sie gleich hinaus.«

Er ließ mich stehen und nickte mir nicht einmal mit dem Kopf. Ich verbeugte mich vor ihm und seiner Tochter, die in der Zeitung las, und ging. Es war mir so traurig zumute, und ich hatte so wenig Lust, die Stadt zu verlassen. Ich liebte meine Vaterstadt. Sie schien mir so hübsch und heimlich. Ich liebte dieses Grün, die stillen sonnigen Morgenstunden, das Läuten unserer Kirchenglocken; aber die Menschen, mit denen ich in dieser Stadt zusammenwohnte, langweilten mich und waren mir fremd, zuweilen sogar widerlich. Ich liebte sie nicht und verstand sie auch nicht.

Ich konnte nicht verstehen, wozu und wovon alle diese fünfundzwanzigtausend Menschen existierten. Ich wusste, dass die Stadt Kimry von Stiefeln lebte, dass Tula Samowars und Gewehre produzierte, dass Odessa eine Hafenstadt war, was aber unsere Stadt darstellte und was sie leistete, das war mir unbekannt. Die Große Adelsstraße und noch zwei andere bessere Straßen lebten von Zinsen und von den Gehältern, die der Staat den Beamten zahlte; wovon aber die übrigen acht Straßen lebten, die parallel zueinander drei Werst weit liefen und hinter dem Hügel verschwanden, das war für mich immer ein unlösbares Rätsel.

Und wie diese Menschen lebten, das war die reinste Schande! Es gab weder einen Stadtgarten, noch ein Theater, noch ein anständiges Orchester; die Stadt- und die Klubbibliothek wurden ausschließlich von halbwüchsigen Jungen besucht, und die Zeitschriften und neuen Bücher lagen monatelang unaufgeschnitten herum; selbst die reichen und gebildeten Menschen schliefen in schwülen, engen Räumen auf Holzbetten mit Ungeziefer, hielten ihre Kinder in scheußlichen, schmutzigen Löchern, die sie Kinderzimmer nannten, und die Dienstboten, selbst die alten und geachteten, mussten in der Küche auf dem Fußboden schlafen und sich mit elenden Lumpen zudecken. An Fleischtagen roch es in allen Häusern nach Kohlsuppe und an Fasttagen – nach Stör und Sonnenblumenöl. Man aß schlecht zubereitete Speisen und trank ungesundes Wasser. Im Rathause, beim Gouverneur, beim Bischof, in allen Häusern sprach man jahrelang davon, dass wir in unserer Stadt kein billiges gutes Trinkwasser haben und dass man beim Staate eine Anleihe von zweihunderttausend Rubel machen sollte, um eine Wasserleitung zu bauen; auch die sehr reichen Leute, von denen es in unserer Stadt an die drei Dutzend gab, und die manchmal ganze Güter am Kartentisch verspielten, tranken das schlechte Wasser und sprachen ihr Leben lang mit großem Eifer von der Anleihe. Ich konnte das nicht verstehen: Mir schien es viel einfacher, die zweihunderttausend Rubel aus eigener Tasche zu zahlen.

Ich kannte in unserer Stadt keinen einzigen ehrlichen Menschen. Mein Vater nahm Bestechungsgelder an und bildete sich ein, dass man sie ihm aus Achtung für seine seelischen Eigenschaften schenke; die Gymnasiasten mussten, um alljährlich versetzt zu werden, zu ihren Lehrern in Pension gehen, wofür sich diese ordentlich bezahlen ließen; die Frau des Stadtkommandanten ließ sich zur Zeit der Einberufungen von den Rekruten bestechen und sogar mit Alkohol traktieren, und einmal passierte es, dass sie in der Kirche beim Gottesdienst unmöglich von den Knien aufstehen konnte, da sie betrunken war; auch die Ärzte mussten bei den Einberufungen geschmiert werden, und der Bezirksarzt und der Veterinär hatten alle Fleischläden mit einer Steuer belegt. An der Kreisschule konnte man Atteste kaufen, die die Berechtigung zum Freiwilligendienst gaben; die Pröpste nahmen von den ihnen unterstellten Geistlichen und Kirchenvorstehern Geldgeschenke an; in allen Ämtern rief man jedem Besucher nach: »Es ist üblich, sich zu bedanken!«, und der Besucher kehrte um, um dreißig oder vierzig Kopeken zu geben. Diejenigen aber, die keine Bestechungsgelder annahmen, wie die Gerichtsbeamten, waren hochmütig, reichten bei der Begrüßung nur zwei Finger, zeichneten sich durch die Kälte und Beschränktheit ihrer Urteile aus, waren dem Kartenspiel und dem Trunke ergeben, heirateten reich und wirkten auf ihre Umgebung zweifellos schädlich und demoralisierend. Nur die jungen Mädchen atmeten Reinheit; die meisten von ihnen hatten hohe Bestrebungen und ehrliche, keusche Seelen; aber sie verstanden das Leben nicht und glaubten, dass die Bestechungsgelder in Anerkennung der seelischen Eigenschaften gegeben werden. Wenn sie aber heirateten, alterten sie früh, versumpften schnell und versanken hoffnungslos im Schlamme der trivialen, kleinbürgerlichen Existenz.

3

In unserer Gegend wurde eine Eisenbahn gebaut. An den Abenden vor den Feiertagen zogen Banden von zerlumpten Kerlen durch die Stadt, die man »Eisenbahner« nannte und vor denen man sich fürchtete. Gar oft sah ich, wie man so einen Kerl mit blutendem Gesicht, ohne Mütze zur Polizei führte, während hinter ihm als corpus delicti ein Samowar oder frisch gewaschene, noch neue Wäsche getragen wurde. Die »Eisenbahner« drängten sich meistens bei den Schenken und auf den Märkten herum. Sie aßen und tranken, schimpften unflätig und begleiteten jede Dirne mit gellendem Pfeifen. Zur Unterhaltung dieser immer hungrigen Lumpen pflegten unsere Ladenbesitzer Katzen und Hunde mit Schnaps betrunken zu machen oder einem Hunde eine leere Petroleumkanne an den Schwanz zu binden; dann fingen sie zu pfeifen an, und der Hund raste, vor Entsetzen heulend, durch die Straße, während die Kanne dröhnte. Dem Hunde schien es, dass er von einem Ungeheuer verfolgt werde, er lief weit vor die Stadt ins freie Feld hinaus, bis ihn die Kräfte verließen; es gab in unserer Stadt mehrere Hunde, die immer zitterten und die Schweife eingezogen hielten; von ihnen sagte man, dass sie dieses Spiel nicht hatten, ertragen können und verrückt geworden seien.

Der Bahnhof wurde fünf Werst von der Stadt erbaut. Man erzählte sich, dass die Ingenieure fünfzigtausend Rubel dafür gefordert hätten, dass der Bahnhof näher bei der Stadt läge; die Stadtverwaltung hätte dafür aber nur vierzigtausend geben wollen; wegen der zehntausend Rubel hätte sich das Geschäft zerschlagen; die Stadtverwaltung bereute es nun schwer, da sie bis zum Bahnhof eine Chaussee anlegen musste, die viel teurer zu stehen kam. Auf der ganzen Strecke lagen schon die Schwellen und die Schienen und verkehrten Dienstzüge, die das Baumaterial beförderten; es fehlten nur noch die Brücken, die Dolschikow zu bauen hatte, und auch einige Stationsgebäude waren noch nicht ganz fertig.

Dubetschnja – so hieß unsere erste Station – lag siebzehn Werst von der Stadt entfernt. Ich ging zu Fuß. Die Saaten leuchteten grün in der Morgensonne. Die Gegend war flach und freundlich, und in der Ferne hoben sich klar der Bahnhof, die Hügel und entfernte Gutsgebäude ab ... Wie schön war es hier in Gottes freier Natur! Und wie gern wollte ich diese Freiheit genießen, wenigstens diesen einen Morgen lang, und nicht daran denken müssen, was in der Stadt vorging, nicht an meine Schwierigkeiten und an den Hunger, der mich quälte, denken müssen! Nichts hinderte mich am Lebensgenuss so sehr wie dieses nagende Hungergefühl, wenn meine besten Gedanken sich sonderbar mit den Vorstellungen von Buchweizengrütze, Koteletts und Bratfischen verquickten. Da stehe ich allein im Felde, blicke auf eine Lerche, die in der Luft unbeweglich zu schweben scheint und wie in einem hysterischen Anfall schmettert, und denke mir dabei: »Wie gut wäre es jetzt, ein Stück Butterbrot zu essen!« Oder ich setze mich am Straßenrande nieder, schließe die Augen, um auszuruhen und diesen herrlichen Frühlingsgeräuschen zu lauschen, und plötzlich muss ich an den Geruch gebratener Kartoffeln denken. Obwohl ich groß gewachsen und kräftig gebaut bin, bekam ich im Allgemeinen wenig zu essen, und daher war der Hunger meine wesentlichste Empfindung im Laufe des Tages; darum verstand ich vielleicht auch so gut, weshalb so viele Menschen nur des Brotes wegen arbeiten und nur vom Essen sprachen.

In Dubetschnja arbeitete man gerade am Verputz der Innenwände des Stationsgebäudes und baute eine hölzernen Oberstock am Wasserturm. Es war heiß, es roch nach Kalk, und die Arbeiter trieben sich träge zwischen den Haufen von Schutt und Spänen herum; der Weichensteller schlief vor seinem Häuschen, und die Sonne brannte ihm gerade ins Gesicht. Kein einziger Baum war zu sehen. Leise summten die Telegrafendrähte, auf denen hie und da Habichte ausruhten. Ich drückte mich zwischen dem Schutt umher, wusste nicht, was anzufangen und dachte an die Antwort des Ingenieurs auf meine Frage, was ich hier zu tun haben würde: »Das wird sich schon zeigen.« Was konnte sich aber in dieser Wüste zeigen? Die Maurer sprachen von irgendeinem Polier und von einem gewissen Fedot Wassiljew; ich verstand es nicht, und meiner bemächtigte sich allmählich ein Unlustgefühl, – ein körperliches Unlustgefühl, bei dem man seine Arme und Beine und seinen ganzen großen Körper fühlt und nicht weiß, was mit ihnen anzufangen.

Nachdem ich mindestens zwei Stunden so herumgebummelt, bemerkte ich eine Reihe von Telegrafenstangen, die rechts von der Strecke abbogen und vor einer weißen Mauer aufhörten; die Arbeiter sagten mir, dass dort die Baukanzlei sei, und nun begriff ich endlich, dass ich mich dorthin zu wenden hatte.

Es war ein sehr altes, verwahrlostes Gutshaus. Die Mauer aus weißem porösem Stein war verwittert und stellenweise eingefallen. Der Seitenflügel, dessen blinde Wand nach dem Felde lag, hatte ein rostiges Eisendach, auf dem hie und da einige frisch geflickte Stellen glänzten. Durch das Tor sah ich einen sehr geräumigen Hof, der mit wildem Steppengras bewachsen war, und ein altes Herrenhaus mit Jalousien an den Fenstern und einem hohen, vor Rost ganz roten Dach. Rechts und links standen zwei vollkommen gleiche Seitenflügel; die Fenster des einen waren mit Brettern vernagelt, vor dem andern aber, dessen Fenster offen standen, war Wäsche zum Trocknen aufgehängt und weideten Kälber. Der letzte Telegrafenpfahl stand auf dem Hofe, und der Draht ging in eines der Fenster des Flügels, der mit seiner blinden Wand nach dem Felde lag. Die Türe war offen, und ich trat ein. Am Tisch mit dem Telegrafenapparat saß ein Herr mit dunklem Lockenkopf, mit einer Leinenjacke bekleidet; er blickte mich erst streng und mürrisch an, lächelte aber dann gleich und sagte:

»Guten Tag, kleiner Nutzen!«

Es war Iwan Tscheprakow, mein ehemaliger Schulkollege, den man aus der zweiten Klasse wegen Rauchens relegiert hatte. Wir pflegten einst zusammen zur Herbstzeit Stieglitze, Zeisige und Kernbeißer zu fangen und am frühen Morgen, wenn die Eltern noch schliefen, auf dem Markte zu verkaufen. Wir lauerten auch den Staren auf, schossen sie mit seinem Schrot an und sammelten dann die verwundeten. Die einen starben bei uns in schrecklichen Qualen (ich erinnere mich auch heute noch, wie sie nachts in ihrem Käfig stöhnten), die anderen aber, die wieder gesund wurden, verkauften wir und schworen dabei, dass es lauter Männchen seien. Einmal war mir auf dem Markte nur ein einziger Star übrig geblieben, den ich lange nicht anbringen konnte und schließlich für eine Kopeke verkaufte, »Es ist ja immerhin ein kleiner Nutzen!«, sagte ich damals zum Trost, die Kopeke in die Tasche steckend, und von nun an hieß ich bei den Gassenjungen und Gymnasiasten »kleiner Nutzen«. Es kam auch jetzt noch vor, dass Gassenjungen und Händler mich damit neckten, obgleich wohl niemand mehr den Ursprung dieses Spitznamens kannte.

Tscheprakow war schwächlich von Statur, engbrüstig und langbeinig, und hielt sich krumm. Seine Halsbinde war wie ein Strick verknotet, eine Weste hatte er überhaupt nicht an, und seine Stiefel hatten schiefe Absätze und waren noch schlechter als die meinigen. Er zwinkerte immer mit den Augen und hatte einen so ungestümen Ausdruck, als wollte er immer etwas packen.

»Wart einmal«, sage er jeden Augenblick sehr geschäftig. »Hör einmal ... Ja, was wollte ich eben sagen? ...«

Wir kamen ins Gespräch. Ich erfuhr von ihm, dass das Gut, auf dem ich mich jetzt befand, noch vor Kurzem den Tscheprakows gehört hatte und erst im vergangenen Herbst in den

Besitz Dolschikows übergegangen war, der es für vernünftiger hielt, sein Geld in Immobilien als in Papieren anzulegen, und in unserer Gegend bereits drei ansehnliche Güter mit Übernahme der Schuldenlast gekauft hatte; Tscheprakows Mutter hatte sich beim Verkauf dieses Gutes das Recht ausbedungen, in einem der Seitenflügel noch zwei Jahre wohnen zu bleiben, und obendrein auch eine Anstellung für ihren Sohn an der Baukanzlei erwirkt.

»Warum soll er auch keine Güter kaufen!«, sagte Tscheprakow vom Ingenieur. »Was er von den Lieferanten allein schindet! Von allen schindet er!«

Dann forderte er mich auf, mit ihm zu Mittag zu essen. Er hatte in aller Eile beschlossen, dass ich mit ihm im Seitenflügel wohnen und mich bei seiner Mutter beköstigen werde.

»Sie ist zwar ein Geizhals«, sagte er, »wird dir aber nicht allzu viel berechnen.«

In den kleinen Zimmern, die seine Mutter bewohnte, war es sehr eng; überall, selbst im Flur und Vorzimmer standen die Möbel herum, die man nach dem Verkauf des Gutes aus dem großen Hause herübergeschafft hatte; es waren lauter altertümliche Mahagonimöbel. Frau Tscheprakowa, eine volle, alte Dame mit chinesischen Schlitzaugen, saß in einem schweren Sessel am Fenster und strickte. Sie empfing mich höchst zeremoniell.

»Mama, das ist Herr Polosnjew«, stellte mich Tscheprakow vor. »Er tritt hier in Stellung.«

»Sind Sie adlig?«, fragte sie mich mit seltsam unangenehmer Stimme, die so klang, als ob in ihrem Halse Fett kochte.

»Ja«, antwortete ich.

»Nehmen Sie Platz.«

Das Mittagessen war schlecht. Es gab eine Pastete mit bitterem Quark, eine Milchsuppe und sonst nichts. Jelena Nikiforowna, die Dame des Hauses, blinzelte mir die ganze Zeit bald mit dem einen, bald mit dem andern Auge zu. Sie sprach und aß, aber in ihrem ganzen Wesen war etwas Totes, und ich glaubte sogar Leichengeruch zu spüren. Das Leben glimmte in ihr ebenso schwach wie das Bewusstsein, dass sie eine Gutsbesitzerin, die einst Leibeigene besessen hatte, und Generalswitwe sei, die die Dienstboten Exzellenz zu titulieren haben; wenn diese kümmerlichen Reste ihres einstigen Lebens in ihr wieder aufleuchteten, pflegte sie ihrem Sohn zu sagen:

»Jean, du hältst das Messer nicht so, wie, es sich gehört!«

Oder sie wandte sich, schwer keuchend, an mich, mit der Geziertheit einer Dame, die ihren Gast unterhalten will:

»Wissen Sie, wir haben unser Gut verkauft. Es tut uns natürlich furchtbar leid, denn wir sind an diese Gegend gewöhnt, aber Dolschikow hat versprochen, Jean zum Stationschef von Dubetschnja zu machen. So werden wir von hier nicht fortziehen müssen, sondern auf der Station wohnen, und das ist genau so wie auf dem Gute. Der Ingenieur ist so gut! Finden Sie nicht auch, dass er ein schöner Mann ist?«

Die Tscheprakows lebten vor nicht langer Zeit als reiche Leute, aber nach dem Tode des Generals hatte sich alles verändert. Jelena Nikiforowna zankte sich und prozessierte mit den Nachbarn, kürzte den Angestellten und Arbeitern die Löhne und hatte immer Angst vor Dieben und Räubern; nach kaum zehn Jahren war Dubetschnja nicht mehr wiederzuerkennen.

Hinter dem großen Hause lag ein alter Garten, in dem Gras und Gesträuch verwilderten. Ich betrat die schöne und noch gar nicht baufällige Terrasse und blickte durch die Glastür ins Innere des Hauses hinein. Ich sah ein Zimmer mit Parkettfußboden, wohl einen Salon mit einem alten Klavier und Stichen in breiten Mahagonirahmen an den Wänden; sonst war nichts drin. Von den früheren Blumenanlagen waren nur Päonien und Mohn übrig geblieben, die aus dem Grase ihre weißen und grellroten Köpfe hoben. Längs der Wege wuchsen, einander drängend, junge Ahornbäume und Ulmen, die von den Kühen ordentlich angenagt waren. Das Dickicht schien undurchdringlich; so war es aber nur in der Nähe des Hauses, wo noch Pappeln, Fichten und Linden, die wohl ebenso alt wie das Haus waren, standen. Aber weiter hinaus war der Garten schon zu einer Weide ausgerodet; hier war es nicht mehr so schwül, hier bekam man nicht fortwährend Spinngewebe in den Mund und in die Augen, hier wehte ein erfrischender Wind. Und noch weiter vom Hause weg war es schon sehr geräumiger; hier standen ganz frei Kirschen-, Pflaumen- und Apfelbäume, von Stützen und Brand entstellt, und so große Birnbäume, dass man gar nicht glauben wollte, dass es Birnbäume seien. Dieser Teil des Gartens war an Obsthändlerinnen aus der Stadt verpachtet, und ein halbverrückter Bauer, der in einer Hütte wohnte, bewachte ihn vor den Staren und Dieben.

Der Garten ging dann allmählich in eine richtige Wiese über und stieg zum Flüsschen herab, das mit grünem Schilf und Weidengebüsch umwachsen war; neben dem Mühlendamm lag ein tiefer, fischreicher Teich. Die mit Stroh gedeckte Mühle rauschte wütend, und die Frösche quakten wie wahnsinnig. Auf dem glatten Wasserspiegel zogen Kreise, wenn ein Fisch die Stängel der Wasserlilien streifte. Jenseits des Flüsschens lag das Dorf Dubetschnja. Der stille blaue Teich lockte zu sich und verhieß Kühle und Ruhe. Und jetzt gehörte das alles – der Teich, die Mühle und die schönen Ufer dem Ingenieur!

Nun begann mein neuer Dienst. Ich empfing Telegramme und gab sie weiter, setzte allerlei Berichte auf und schrieb die Bestellzettel, Klagen und Rechnungen ins reine, die uns die kaum des Schreibens kundigen Poliere und Meister schickten. Den größten Teil des Tages tat ich aber nichts und ging, in Erwartung von Telegrammen, im Zimmer auf und ab; oder ich ließ einen Jungen als Aufpasser zurück und spazierte im Garten, bis der Junge mir meldete, dass der Apparat klopft. Zu Mittag aß ich bei der Frau Tscheprakow. Fleisch gab es sehr selten; meistens bekamen wir Milchspeisen und an Mittwochen und Freitagen – Fastenspeisen; an diesen Tagen standen rosa Teller auf dem Tisch, die man »Fastenteller« nannte. Frau Tscheprakowa hatte die angenehme Angewohnheit, mir immer zuzublinzeln, und in ihrer Gegenwart fühlte ich mich recht unbehaglich.

Da es nicht einmal für einen Menschen genug Arbeit gab, so tat Tscheprakow gar nichts, sondern schlief meistens oder ging mit der Flinte an den Teich, Wildenten zu schießen. An Abenden betrank er sich im Dorfe oder auf der Station, betrachtete sich dann vor dem Schlafengehen in einem kleinen Spiegel und rief sich selbst zu:

»Guten Abend, Iwan Tscheprakow!«

Wenn er betrunken war, sah er sehr blass aus, rieb sich immer die Hände und wieherte wie ein Pferd. Manchmal zog er sich auch ganz nackt aus und lief in diesem Zustand im Felde herum. Er aß auch Fliegen und behauptete, dass sie säuerlich schmeckten.

4

Eines Nachmittags kam er zu mir außer Atem gelaufen sagte:

»Komm, deine Schwester ist da.«

Ich ging hinaus. Vor dem großen Hause hielt tatsächlich eine Stadtdroschke. Meine Schwester war mit Anjuta Blagowo und einem Herrn in Militäruniform gekommen. Als ich näher kam, erkannte ich ihn: Es war Anjutas Bruder, der Militärarzt.

»Wir sind zu Ihnen zu einem Picknick gekommen«, sagte er: »Ist es Ihnen recht?«

Meine Schwester und Anjuta wollten mich wohl fragen, wie es mir hier ginge, aber beide schwiegen und sahen mich nur an. Auch ich schwieg. Sie wussten, dass es mir hier nicht gefiel; meiner Schwester traten Tränen in die Augen, und

Anjuta Blagowo wurde rot. Wir gingen in den Garten. Der Militärarzt schritt voran und rief begeistert:

»Das nenn' ich eine Luft! Heilige Mutter Gottes, ist das eine Luft!«

Er sah noch ganz wie ein Student aus. Er sprach und bewegte sich wie ein Student, und auch seine grauen Augen blickten lebhaft, einfach und offen wie bei einem guten Studenten. An der Seite seiner stattlichen und schönen Schwester erschien er schmächtig und klein; sein Bärtchen war dünn, ebenso seine nicht unangenehme Tenorstimme. Er diente bei irgendeinem Regiment und war auf Urlaub zu den Seinen gekommen. Im Herbst wollte er nach Petersburg gehen, um dort das Doktorexamen zu machen. Er hatte schon Familie – eine Frau und drei Kinder; er hatte früh, im vierten Semester, geheiratet, und in der Stadt erzählte man sich, dass es eine unglückliche Ehe sei und dass er von seiner Frau getrennt lebe.

»Wie spät ist es jetzt?«, fragte meine Schwester unruhig »Wir wollen früh heimkehren, Papa erlaubte mir nur bis sechs Uhr hier zu bleiben.«

»Ach, Ihr Papa!«, seufzte der Doktor.

Ich bereitete den Samowar. Auf einem Teppich vor der Terrasse des großen Hauses tranken wir Tee, der Doktor schlürfte ihn kniend aus einer Untertasse und behauptete, er fühle sich selig. Tscheprakow holte dann den Schlüssel, sperrte die Glastür auf, und wir traten alle ins Haus. Hier war es halbdunkel und geheimnisvoll, es roch nach Pilzen, und unsere Schritte hallten, als wenn sich unter dem Fußboden ein Keller befände. Der Doktor berührte stehend die Tasten des Klaviers, und dieses antwortete mit einem schwachen, zittrigen, heiseren, aber doch harmonischen Akkord; er versuchte seine Stimme und begann ein Lied, die Stirne runzelnd und geärgert mit dem Fuße stampfend, wenn irgendeine Taste versagte. Meine Schwester hatte es nicht mehr so eilig, nach

Hause zurückzukehren, sondern ging erregt im Zimmer auf und ab und sprach:

»Mir ist so lustig zumute! So furchtbar lustig!«

In ihrer Stimme klang Erstaunen, als ob es ihr selbst ganz unwahrscheinlich schiene, dass sie einmal lustig sein, könnte. Zum ersten Mal in ihrem Leben sah ich sie so lustig. Sie sah sogar auf einmal hübscher aus. Ihr Profil war nicht schön, Nase und Mund standen hervor und hatten den Ausdruck, als ob sie vor sich bliese, sie hatte aber wunderschöne dunkle Augen, einen blassen, sehr zarten Teint und einen rührenden Ausdruck von Güte und Trauer; wenn sie sprach, schien sie recht anmutig und sogar hübsch. Wir beide, sie und ich, waren unserer Mutter nachgeraten und waren breitschultrig, kräftig und ausdauernd; aber ihre Blässe war krankhaft, sie hustete oft, und in ihren Augen beobachtete ich manchmal den Ausdruck, den die Menschen haben, die ernsthaft krank sind, es aber aus irgendeinem Grunde verheimlichen. In ihrer plötzlichen Lustigkeit lag etwas Kindliches und Naives; es war, als ob die Lustigkeit, die man in uns in unserer Kindheit durch strenge Erziehung unterdrückt hatte, jetzt in ihrer Seele erwacht und mit Gewalt zum Ausbruch gekommen wäre.

Als aber der Abend anbrach und der Wagen vorfuhr, wurde sie wieder schweigsam, klappte zusammen und setzte sich in die Droschke mit einer Miene, als ob es eine Anklagebank wäre.

Als sie alle weg waren, wurde es gleich wieder still ... Mir fiel es auf, dass Anjuta Blagowo die ganze Zeit kein einziges Wort zu mir gesagt hatte.

– Ein merkwürdiges Mädchen! – dachte ich mir, – Ein merkwürdiges Mädchen!

In den Petrifasten bekamen wir tagtäglich Fastenspeisen zu essen. Der ewige Müßiggang und die Unbestimmtheit meiner Lage bedrückten mich schwer, und ich trieb mich unzufrieden mit mir selbst, faul und hungrig auf dem Gute herum und wartete nur auf eine passende Stimmung, um von hier fortzugehen.

Eines Abends, als bei uns im Seitenflügel Rettich saß, erschien plötzlich Dolschikow, braun gebrannt und über und über mit Staub bedeckt. Er hatte drei Tage auf der Strecke verbracht und war nach Dubetschnja auf einer Lokomotive und von der Station zu uns zu Fuß gekommen. In Erwartung seiner Equipage, die ihn hier abholen sollte, machte er mit seinem Verwalter eine Runde durch seinen Besitz, erteilte mit lauter Stimme Befehle, saß dann eine ganze Stunde bei uns in der Kanzlei und schrieb Briefe; für ihn liefen in einem fort Telegramme ein, die er sofort selbst beantwortete. Wir drei standen vor ihm schweigend und stramm da.

»Diese Unordnung!«, rief er angeekelt, in die Tagesberichte hineinschauend. »In vierzehn Tagen kommt die Kanzlei ins Stationsgebäude hinüber, und dann weiß ich wirklich nicht, was ich mit euch anfangen soll, meine Herren!«

»Ich gebe mir die größte Mühe, Euer Hochwohlgeboren«, sagte Tscheprakow.

»Ich sehe ja, wie ihr euch Mühe gebt. Ihr versteht nur, die Gehälter einzustecken«, fuhr der Ingenieur fort, mit einem Blick auf mich. »Ihr hofft immer auf Protektion, um möglichst schnell und leicht faire la carrière. Ich gebe aber auf Protektion gar nichts. Für mich hat sich niemand bemüht. Bevor ich diese Eisenbahn bekam, fuhr ich lange Zeit auf der Lokomotive herum und arbeitete in Belgien als einfacher Wagenschmierer. Und was machst du hier, Pantelej?«, wandte er sich an Rettich. »Du trinkst wohl mit ihnen?«

Er hatte die Angewohnheit, alle einfachen Leute »Pantelej« zu nennen; solche aber wie uns, mich und Tscheprakow, verachtete er und titulierte uns hinter dem Rücken mit Sauser, Vieh und Gesindel. Gegen die kleinen Angestellten war er überhaupt grausam: Er zog ihnen vom Gehalt Strafgelder ab und jagte sie ohne viele Worte aus dem Dienst.

Endlich kam seine Equipage. Beim Abschied versprach er, uns alle in vierzehn Tagen zu entlassen, nannte seinen Verwalter einen Schafskopf, setzte sich recht bequem in die Polster und fuhr in die Stadt.

»Andrej Iwanowitsch«, sagte ich zu Rettich, »nehmen Sie mich zu sich als Arbeiter.«

»Nun, von mir aus!«

Und wir gingen zusammen in die Stadt. Als die Station und das Gut weit hinter uns lagen, fragte ich ihn:

»Andrej Iwanowitsch, warum waren Sie eigentlich nach Dubetschnja gekommen?«

»Erstens, weil meine Leute hier auf der Strecke arbeiten, und zweitens musste ich der Generalin die Zinsen zahlen. Vergangenes Jahr habe ich von ihr fünfzig Rubel geliehen und zahle ihr jetzt einen Rubel monatlich ab.«

Der Malermeister blieb stehen und nahm mich am Rockknopf.

»Missail Alexejewitsch, mein Engel«, fuhr er fort, »ich bin der Ansicht, dass jeder einfache Mann oder vornehme Herr, der auch die geringsten Zinsen nimmt, ein Verbrecher ist. In einem solchen Menschen kann die Wahrheit nicht wohnen.«

Der magere, blasse, unheimliche Rettich schloss die Augen, schüttelte den Kopf und sagte im Tone eines Philosophen:

»Läuse fressen das Gras, der Rost – das Eisen, und die Lüge – die Seele. Herr, sei uns Sündern gnädig!«

♪

Rettich war unpraktisch und verstand nicht zu rechnen; nahm viel mehr Arbeit, als er bewältigen konnte, bei der Abrechnung verlor er stets die Fassung und hatte daher fast immer Schaden. Er malte, setzte Scheiben ein, tapezierte und übernahm sogar Dachdeckerarbeiten, und ich kann mich noch erinnern, wie er manchmal wegen irgendeines ganz unbedeutenden Auftrages drei Tage lang auf der Suche nach Dachdeckern herumlief. Er war ein vorzüglicher Meister, verdiente zuweilen zehn Rubel am Tage, und wenn er nicht den Ehrgeiz hätte, unbedingt als Erster zu gelten und »Unternehmer« zu sein, so hätte er wahrscheinlich Geld gespart.

Er selbst arbeitete in Akkord und zahlte davon mir und den anderen Arbeitern siebzig Kopeken bis einen Rubel täglich. Solange es heiß und trocken war, machten wir allerlei Außenarbeiten und strichen hauptsächlich die Dächer. Ich war diese Arbeit nicht gewohnt, und meine Füße glühten, als ob ich auf einer heißen Herdplatte ginge; zog ich aber Filzstiefel an, so war es meinen Füssen wieder zu schwül. Das war aber nur in der ersten Zeit so; als ich mich gewöhnte, ging es wie geschmiert. Ich lebte jetzt unter Menschen, für die die Arbeit obligatorisch und unvermeidlich war und die wie die Lastpferde arbeiteten, oft ohne die sittliche Bedeutung der Arbeit einzusehen und selbst ohne das Wort »Arbeit« in ihren Gesprächen zu gebrauchen; in ihrer Nähe fühlte ich mich gleichfalls als ein Lastpferd, überzeugte mich immer mehr von der Notwendigkeit und Unvermeidlichkeit dessen, was ich tat, und das erleichterte mir das Leben und befreite mich von allen Zweifeln.

In der ersten Zeit interessierte mich alles, alles war mir neu, und ich fühlte mich wie neugeboren. Ich konnte auf der Erde schlafen, konnte barfuß gehen, was übrigens sehr angenehm ist; konnte, ohne jemand zu belästigen, in einem Haufen gemeinen Volkes stehen, und wenn auf der Straße ein Droschkenpferd fiel, kam ich gelaufen und half es aufheben, ohne Angst, meine Kleider zu beschmutzen. Vor allen Dingen lebte ich aber auf eigene Kosten und fiel niemand zur Last!

Das Anstreichen der Dächer, insbesondere wenn wir auch Firnis und Farbe beistellten, war ein recht einträgliches Geschäft, und selbst so gute Meister wie Rettich verachteten diese grobe und langweilige Arbeit nicht. In kurzer Hose, mit lila Beinen stolzierte er wie ein Storch auf dem Dache herum, und oft hörte ich ihn bei der Arbeit schwer seufzen und sagen:

»Wehe, wehe uns Sündern!«

Auf dem Dache spazierte er ebenso frei herum wie auf dem Fußboden. Obwohl er kränklich und blass wie eine Leiche war, zeichnete er sich durch ungewöhnliche Gewandtheit aus; wie die jüngsten Arbeiter malte er die Kirchenkuppeln ohne jedes Gerüst, nur mithilfe einer Leiter und eines Strickes, und es war ein wenig unheimlich, wenn er, in der Höhe über der Erde stehend, sich in seiner ganzen Länge ausstreckte und, man wusste nicht, zu wem, sagte:

»Die Läuse fressen das Gras, der Rost – das Eisen und die Lüge – die Seele!«

Oder wenn er laut auf seine eigenen Gedanken antwortete:

»Alles ist möglich! Alles ist möglich!«

Wenn ich von der Arbeit heimging, riefen mir alle die Ladengehilfen, Lehrjungen und ihre Herren, die vor den Türen saßen, allerlei spöttische und boshafte Bemerkungen nach; in der ersten Zeit regte mich das auf und erschien mir ungeheuerlich.

»Kleiner Nutzen!«, klang es von allen Seiten. »Pinsel! Ocker!«

Niemand behandelte mich aber so grausam wie gerade diejenigen, die erst vor kurzem einfache Arbeiter gewesen waren und sich ihr Brot durch schwere Arbeit verdient hatten. Als ich einmal auf dem Markte an einer Eisenhandlung vorbeiging, schüttete man auf mich wie zufällig einen Kübel Wasser aus; ein anderes Mal warf man nach mir mit einem Stock. Und einmal versperrte mir ein alter Fischhändler den Weg und sagte mit böser Stimme:

»Nicht du tust mir leid, Dummkopf: Dein Vater tut mir leid!«

Meine Bekannten konnten aber bei der Begegnung mit mir ihre Verlegenheit kaum bemeistern. Die einen sahen mich als einen Sonderling und Hanswurst an, die anderen bemitleideten mich, die dritten aber wussten nicht, wie sie sich zu mir stellen sollten, und ich konnte sie nicht recht verstehen. Eines Tages begegnete ich in einer der Quergassen, in der Nähe unserer Großen Adelsstraße, Anjuta Blagowo. Ich ging zur Arbeit und trug zwei lange Pinsel und einen Eimer mit Farbe. Als Anjuta mich erkannte, bekam sie einen roten Kopf.

»Ich bitte Sie, mich auf der Straße nicht zu grüßen ...«, sagte sie nervös, unfreundlich, mit bebender Stimme, ohne mir die Hand zu reichen, und in ihren Augen blinkten plötzlich Tränen. »Wenn Sie das alles für notwendig halten, so bleiben Sie meinetwegen dabei ... aber ich bitte Sie, begegnen Sie mir nicht!«

Ich wohnte nicht mehr in der Großen Adelsstraße, sondern in der Vorstadt Makaricha, bei meiner ehemaligen Kinderfrau Karpowna, einer gutmütigen, doch melancholischen Alten, die überall Unheil witterte, alle Träume fürchtete und selbst in den Bienen und Wespen, die manchmal in ihr Zimmer hineinflogen, üble Vorbedeutungen sah. Auch das, dass ich Arbeiter geworden war, verhieß ihrer Ansicht nach nichts Gutes.

»Verloren ist dein Kopf!«, pflegte sie mit traurigem Kopfschütteln zu sagen: »Verloren ist er!«

Bei ihr wohnte ihr Pflegesohn, der Fleischer Prokofij, ein riesengroßer, plumper, rothaariger Geselle mit struppigem Schnurrbart. Wenn er mir im Hausflur begegnete, machte er mir stumm und ehrerbietig Platz; wenn er aber betrunken war, so salutierte er mir mit allen fünf Fingern. Wenn er beim Abendbrot saß, hörte ich durch den Bretterverschlag, wie er nach jedem Glase Schnaps seufzte und sich räusperte.

»Mama!«, rief er mit dumpfer Stimme.

»Was ist denn?«, antwortete Karpowna, die in ihren Pflegesohn verliebt war. »Was ist denn, Söhnchen?«

»Ich will Ihnen eine Gefälligkeit erweisen, Mama. In diesem irdischen Jammertal werde ich Sie bis ins hohe Alter ernähren, und wenn Sie sterben, werde ich Sie auf meine Kosten beerdigen«. Was ich versprochen habe, das halte ich auch.«

Ich stand jeden Morgen vor Sonnenaufgang auf und ging immer früh zu Bett. Wir Maler aßen sehr viel, schliefen gut, hatten aber nachts immer Herzklopfen. Mit meinen Kollegen zankte ich mich niemals. Flüche und Verwünschungen wie z. B. »Die Augen sollen dir zerspringen!« oder: »Dass dich die Cholera!« verstummten zwar für keinen Augenblick, aber wir lebten doch in gutem Einvernehmen. Die anderen Gesellen hielten mich für einen Sektierer und machten ihre gutmütigen Witze darüber; sie sagten, dass selbst mein leiblicher Vater sich von mir losgesagt hätte, gestanden aber gleich darauf, dass sie selbst fast niemals in die Kirche gingen und dass viele von ihnen seit zehn Jahren nicht mehr in der Beichte gewesen waren; dieses Verhalten rechtfertigten sie damit, dass der Maler unter den Menschen dasselbe sei, was eine Dohle unter den Vögeln.

Die Gesellen achteten mich und behandelten mich mit Ehrfurcht; anscheinend gefiel es ihnen, dass ich weder trank noch rauchte und ein stilles, ordentliches Leben führte. Es berührte sie nur unangenehm, dass ich mich nicht am Stehlen von Firnis beteiligte und auch nicht am Trinkgelderpressen von den Kunden. Das Stehlen von Firnis und Farbe war bei den Malern ein alter Brauch, und selbst ein so anständiger Mensch wie Rettich brachte von der Arbeit immer etwas Firnis und Bleiweiß mit. Um Trinkgeld bettelten aber sogar ehrwürdige alte Männer, die in der Vorstadt Makaricha eigene Häuser besaßen. Es war beschämend zu sehen, wie die Arbeiter irgendeiner Null zum Beginn oder zum Abschluss der Arbeit gratulierten und wie devot sie sich für ein Trinkgeld von zehn Kopeken bedankten.

Den Kunden gegenüber benahmen sie sich wie listige Höflinge, und ich musste jeden Tag an den Shakespeareschen Polonius denken.

»Es wird wohl regnen«, sagte der Kunde, auf den Himmel blickend.

»Es wird ganz gewiss regnen!«, bestätigten die Maler.

»Es sind übrigens keine Regenwolken. Vielleicht wird es auch nicht regnen.«

»Es wird nicht regnen, Euer Wohlgeboren. Ganz gewiss nicht.«

Hinter dem Rücken behandelten sie die Kunden im Allgemeinen ironisch, und wenn sie z. B. einen Herrn mit einer Zeitung auf dem Balkon sitzen sahen, spotteten sie:

»Eine Zeitung liest er, aber zu fressen hat er nichts!«

Zu den Meinen ging ich nicht. Wenn ich von der Arbeit heimkam, fand ich bei mir oft kurze, besorgte Zettel von meiner Schwester vor, in denen sie mir vom Vater berichtete: dass er beim Mittagessen auffallend nachdenklich gewesen sei und nichts gegessen habe, oder dass er im Gehen eigentümlich gestolpert wäre, oder dass er sich für lange Zeit in seinem Zimmer eingeschlossen hätte. Solche Berichte regten mich auf und raubten mir den Schlaf; manchmal ging ich sogar nachts in die Große Adelsstraße vor unser Haus, starrte in die dunklen Fenster und suchte zu erraten, wie es im Hause wohl stehen möge. Meine Schwester besuchte mich heimlich jeden Sonntag, tat aber so, als käme sie nicht zu mir, sondern zu der Kinderfrau. Wenn sie zu mir ins Zimmer trat, war sie sehr blass, hatte rote Augen und fing gleich zu weinen an:

»Unser Vater wird es nicht überleben!«, sagte sie immer: »Wenn ihm, Gott behüte, etwas zustößt, so wird dich dein Leben lang dein Gewissen quälen. Es ist entsetzlich, Missail! Im Namen unserer Mutter flehe ich dich an: Bessere dich!«

»Teure Schwester«, erwiderte ich, »wie soll ich mich bessern, wenn ich überzeugt bin, dass ich nach meinem Gewissen handle? Begreife es doch!«

»Ich weiß, dass du nach deinem Gewissen handelst, vielleicht ginge es aber doch irgendwie anders, sodass du niemand Kummer machst.«

»Lieber Gott!«, stöhnte die Alte hinter der Tür: »Verloren ist dein Kopf! Schlecht wird es enden!«

6

An einem Sonntag kam zu mir ganz unerwartet Doktor Blagowo. Er trug unter seiner Sommerlitewka ein blauseidenes Hemd und hatte Lackstiefel an.

»Ich komme zu Ihnen!«, begann er, und drückte mir kräftig die Hand. »Jeden Tag höre ich von Ihnen und habe immer die Absicht, mich mit Ihnen auszusprechen. In der Stadt herrscht furchtbare Langweile, es ist keine lebendige Seele da, mit der man ein Wort reden könnte. Heiß ist es, heilige Mutter Gottes!«, fuhr er fort, die Litewka ausziehend. »Liebster, lassen Sie mich mit Ihnen sprechen!«

Ich langweilte mich auch selbst und sehnte mich schon längst nach der Gesellschaft von Nichtmalern. Ich freute mich aufrichtig über seinen Besuch.

»Zuallererst will ich Ihnen sagen«, fing er an, sich auf mein Bett setzend, »dass ich mit ganzer Seele mit Ihnen fühle und Ihre ganze Lebensweise achte. Hier in der Stadt versteht man Sie nicht, es ist auch niemand da, der Sie verstehen könnte; Sie wissen wohl selbst, dass es hier mit wenigen Ausnahmen nur Gogolsche Schweineschnauzen gibt. Aber ich habe Sie schon damals beim Picknick gleich durchschaut. Sie sind eine edle Seele, ein ehrlicher Idealist. Ich achte Sie und halte es für eine große Ehre, Ihre Hand drücken zu können!«, fuhr er begeistert fort. »Um das Leben so radikal zu verändern, wie Sie es getan, haben Sie einen komplizierten seelischen Prozess durchmachen müssen, und um dieses Leben fortzuführen und immer auf der Höhe Ihrer Überzeugungen zu bleiben, arbeiten Sie wohl tagaus, tagein angestrengt mit Kopf und Herz. Sagen Sie mir nun gleich zu Beginn unserer Unterredung: finden Sie nicht, dass, wenn Sie diese ganze Willenskraft, diese ganze Anspannung und Potenz auf irgendetwas anderes verwendet hätten, z. B. um mit der Zeit ein großer Gelehrter oder Künstler zu werden, Ihr Leben auch viel tiefer und in allen Beziehungen produktiver geworden wäre?«

So begann unser Gespräch, und als die Rede auf die körperliche Arbeit kam, äußerte ich folgenden Gedanken: es sei in erster Linie notwendig, dass die Starken die Schwachen nicht knechten, dass die Minderheit für die Mehrheit nicht zu einem Parasiten werde, oder zu einer Pumpe, die aus ihr chronisch die besten Säfte aussauge; mit anderen Worten, es sei notwendig, dass alle ohne Ausnahme, die Starken wie die Schwachen, die Reichen wie die Armen gleichmäßig, ein jeder für sich, am Kampfe ums Dasein teilnehmen; in dieser Beziehung gäbe es kein besseres nivellierendes Mittel als die zu einer allgemeinen, für alle obligatorischen Pflicht erhobene körperliche Arbeit.

»Nach Ihrer Ansicht müssen sich also alle mit körperlicher Arbeit befassen?«, fragte der Doktor.

»Ja.«

»Glauben Sie denn nicht, dass, wenn sich alle, auch die hervorragendsten Menschen, die größten Denker und Gelehrten, am Kampfe ums Dasein beteiligen und ihre Zeit zum Steineklopfen oder Dächeranstreichen verwenden, dem Fortschritte eine große Gefahr entstehen würde?«

»Worin soll denn diese Gefahr liegen?«, fragte ich. »Der Fortschritt besteht ja in den Taten der Liebe, in der Erfüllung der sittlichen Pflicht. Wenn Sie niemand unterdrücken, wenn Sie niemand zur Last fallen, so ist das doch wahrlich ein großer Fortschritt!«

»Aber erlauben Sie einmal!«, fuhr Blagowo plötzlich auf: »Erlauben Sie! Wenn die Schnecke sich in ihrem Schneckenhaus mit persönlicher Selbstvervollkommnung befasst und im sittlichen Gesetz herumstochert, so nennen Sie das - Fortschritt?«

»Warum sagen Sie herumstochert?«, entgegnete ich beleidigt. »Wenn Sie Ihren Nächsten nicht zwingen, Sie zu ernähren, zu bekleiden, zu fahren, vor Ihren Feinden zu beschützen, so bedeutet denn das im Leben, das ganz auf Knechtschaft aufgebaut ist, keinen Fortschritt? Meines Erachtens ist das der echteste und wohl der für den Menschen einzig mögliche und notwendige Fortschritt.«

»Die Grenzen des allmenschlichen, weltumfassenden Fortschritts liegen in der Unendlichkeit, und von einem ›möglichen‹ von unseren Nöten und zeitlichen Anschauungen beschränkten Fortschritt zu sprechen, finde ich, entschuldigen Sie mich, sonderbar.«

»Wenn die Grenzen des Fortschritts, wie Sie sagen, in der Unendlichkeit liegen, so sind seine Ziele unbestimmt«, entgegnete ich ihm. »Wie kann man leben, ohne zu wissen, wozu man lebt!«

»Gut! Aber dieses Nichtwissen ist weniger langweilig als Ihr Wissen. Ich steige eine Leiter hinauf, die man Fortschritt, Zivilisation, Kultur nennt, ich steige immer höher, ich weiß zwar nicht bestimmt, wohin sie mich führt, aber diese herrliche Leiter macht mir schon allem das Leben lebenswert; Sie aber wissen, wozu Sie leben: damit die einen die anderen nicht unterdrücken, damit der Künstler und derjenige, der ihm die Farben reibt, das gleiche Mittagbrot essen. Das ist aber die spießbürgerliche, prosaische, graue Seite des Lebens, und für sie zu leben, ist einfach ekelhaft. Wenn die einen Insekten die anderen unterjochen, so hol sie der Teufel! Sollen sie einander fressen! Nicht an diese Geschöpfe müssen wir denken – sie werden ja sowieso, und wenn Sie sie auch von der Sklaverei retten, sterben und verfaulen; sondern, an das große X, das die Menschheit in der Zukunft erwartet.«

Blagowo widersprach mir mit großem Eifer, ich konnte ihm aber ansehen, dass ihn irgendein ganz anderer Gedanke beschäftigte.

»Ihre Schwester wird wohl nicht kommen«, sagte er nach einem Blick auf die Uhr. »Gestern war sie bei uns und sagte, dass sie heute zu Ihnen kommt. Sie sprechen immer von Sklaverei ...«, fuhr er fort. »Das ist aber nur eine Teilfrage, und alle solche Fragen werden von der Menschheit allmählich, ganz von selbst gelöst.«

Nun kamen wir auf die allmähliche Entwicklung zu sprechen. Ich sagte, dass die Frage, ob gut oder böse zu handeln sei, jeder Mensch für sich lösen müsse, ohne erst abzuwarten, dass die Menschheit zur Lösung dieser Frage auf dem Wege der allgemeinen Entwicklung gelange. Außerdem sei diese allmähliche Entwicklung ein zweischneidiges Schwert. Neben dem Prozess der Entwicklung der humanen Ideen könne man auch die allmähliche Entwicklung von Ideen ganz anderer Art beobachten. Die Leibeigenschaft sei abgeschafft, dafür aber wachse der Kapitalismus immer an. Und selbst in der Zeit, wo die freiheitlichen Ideen in höchster Blüte stehen, müsse die Mehrheit ebenso wie in den Tagen des Tatarenjochs die Minderheit ernähren, kleiden und verteidigen und bleibe dabei selbst hungrig, nackt und schutzlos. Eine solche Ordnung könne sich mit beliebigen ideellen Strömungen sehr gut vertragen, denn auch die Kunst der Knechtung werde allmählich kultivierter. Wir züchtigen nicht mehr unsere Lakaien mit Ruten, aber wir verleihen der Sklaverei raffinierte Formen; jedenfalls verstehen wir es, sie in jedem Einzelfalle zu rechtfertigen. Wir halten alle die Ideen in großen Ehren, aber wenn wir jetzt im Ausgange des neunzehnten Jahrhunderts die Möglichkeit hätten, auf die Arbeiter auch unsere unangenehmsten physiologischen Verrichtungen abzuwälzen, so täten wir es und sagten dann zu unserer Rechtfertigung, dass, wenn die besten Menschen, die größten Denker und Gelehrten ihre goldene Zeit auf diese Verrichtungen verlieren würden, dem Fortschritte eine große Gefahr drohte.

Da kam aber schon meine Schwester. Als sie bei mir den Doktor erblickte, wurde sie gleich sehr unruhig und erklärte, sie müsse heim zum Vater.

»Kleopatra Alexejewna«, sagte ihr Blagowo sehr eindringlich, beide Hände ans Herz drückend: »was kann Ihrem Herrn Vater passieren, wenn Sie mit Ihrem Bruder und mir eine halbe Stunde verbringen?«

Er gab sich recht natürlich und verstand seine Lebhaftigkeit auch den andern mitzuteilen. Meine Schwester dachte eine Weile nach, wurde dann auf einmal wie damals beim Picknick lustig und fing zu lachen an. Wir gingen ins Freie, legten uns ins Gras, setzten unser Gespräch fort und blickten auf die Stadt, wo alle nach dem Westen gerichteten Fenster, in denen sich die untergehende Sonne spiegelte, wie golden aussahen.

So oft von nun an meine Schwester mich besuchte, kam sofort auch Doktor Blagowo, und sie stellten sich bei der Begrüßung so, als sei ihre Begegnung bei mir eine ganz zufällige. Meine Schwester hörte unseren Debatten mit einem andächtigen, entzückten und forschenden Gesichtsausdruck zu, und mir schien es, als ginge ihr allmählich eine ganz neue Welt auf, die sie bisher nicht mal im Traume gesehen hatte und die sie jetzt zu ergründen suchte. Kam der Doktor einmal nicht, so war sie still und traurig, und wenn es vorkam, dass sie, auf meinem Bette sitzend, weinte, so weinte sie aus persönlichen Gründen, von denen sie mir nichts erzählte.

Im August sagte uns Rettich, wir sollten uns auf die »Strancke« begeben. Zwei Tage, bevor wir aufbrachen, kam plötzlich mein Vater zu mir. Er setzte sich ohne Eile, wischte sich, ohne mich anzusehen, sein rotes Gesicht ab, holte dann aus der Tasche unseren »Stadtboten« und las mir langsam, jedes Wort betonend, die Nachricht vor, dass mein Altersgenosse, der Sohn des Reichsbankdirektors zum Abteilungschef am Rentamte ernannt worden sei.

»Und nun sieh dich an«, sagte er, die Zeitung wieder zusammenlegend: »Du bist ein Bettler, ein Lump und ein Taugenichts! Selbst Leute aus dem Bauern- und Kleinbürgerstande streben nach Bildung, um irgendetwas zu werden, aber du, ein Polosnjew, du strebst nach dem Schmutz! Ich bin aber nicht hergekommen, um mich mit dir zu unterhalten. Dich habe ich schon aufgegeben«, fuhr er mit erstickter Stimme fort und stand auf. »Ich bin gekommen, um dich zu fragen, wo deine Schwester ist, du Taugenichts! Sie ist gleich nach dem Mittagessen vom Hause weggegangen, und nun ist es bald acht, und sie ist noch immer nicht da. Sie geht jetzt oft aus dem Hause, ohne mir davon auch nur ein Wort zu sagen, und ist viel weniger ehrerbietig als früher. Ich sehe darin deinen schlechten, gemeinen Einfluss. Wo ist sie?«

Er hielt den mir wohlbekannten Regenschirm in der Hand, und ich stand schon stramm wie ein Schuljunge, in der Erwartung, dass er mich wieder schlagen würde. Er bemerkte aber meinen Blick auf den Regenschirm, und das hielt ihn wahrscheinlich ab.

»Lebe wie du willst!«, sagte er. »Ich nehme meinen Segen von dir.«

»Gott im Himmel!«, murmelte die Kinderfrau hinter der Tür: »Dein armer, unglücklicher Kopf! Mein Herz ahnt Unheil!«

Ich arbeitete auf der Strecke. Den ganzen August regnete es und war es kalt und feucht. Das Getreide blieb auf den Feldern liegen, und auf den großen Gütern, wo man mit Maschinen mähte, lag der Weizen nicht in Schobern, sondern in Haufen, und ich erinnere mich noch, wie diese traurigen Haufen von Tag zu Tag dunkler wurden und der Weizen verdarb. Das Arbeiten fiel uns sehr schwer, weil die Regengüsse alles verdarben, was wir fertig machten. In den Stationsgebäuden zu wohnen und zu schlafen war uns verboten, und wir hausten in den schmutzigen, feuchten Erdhütten, in denen im Sommer die bewussten »Eisenbahner« gewohnt hatten. Nachts konnte ich vor Kälte nicht schlafen, und auch weil mir über Gesicht und Hände die Asseln liefen. Wenn wir aber an den Brücken arbeiteten, kamen die »Eisenbahner« Abend für Abend in ganzen Scharen, um die Maler zu verhauen: Das war für sie eine Art Sport. Sie schlugen uns, stahlen uns die Pinsel und verdarben, um uns zum Streite zu provozieren, unsere Arbeit, indem sie z. B. die Wärterhäuschen mit grüner Farbe anstrichen. Um den Kelch unserer Leiden vollzumachen, fing Rettich an, uns sehr unpünktlich zu entlohnen. Alle Malerarbeiten in diesem Revier waren an einen Unternehmer vergeben worden; dieser hatte sie von sich aus einem andern übergeben, und dieser andere gab sie Rettich, wobei er sich zwanzig Prozent ausbedang. Die Arbeit war schon an sich wenig lohnend, und da kamen auch noch die Regengüsse hinzu; die Zeit verging unnütz, wir taten nichts, Rettich war aber verpflichtet, seine Arbeiter für den Tag zu bezahlen. Die hungrigen Maler drohten ihn zu verprügeln, nannten ihn einen Gauner, einen Blutsauger, einen Judas, er aber seufzte nur, hob die Hände verzweifelt zum Himmel und ging alle paar Tage zur Frau Tscheprakowa, um sich Geld zu leihen.

7

Es kam der regnerische, schmutzige, trübe Herbst. Mit ihm kam auch die arbeitslose Zeit, und ich saß oft drei Tage hintereinander ohne Arbeit zu Hause, oder übernahm andere Arbeiten, die mit dem Malerhandwerk nichts zu tun haben; ich karrte z. B. Erde und bekam dafür ganze zwanzig Kopeken für den Tag. Doktor Blagowo war nach Petersburg verreist. Meine Schwester besuchte mich nicht mehr. Rettich lag bei sich zu Hause krank und wartete auf den Tod.

Auch meine Stimmung war recht herbstlich. Vielleicht, weil ich als Arbeiter unser Stadtleben nur von der Kehrseite sah, machte ich fast jeden Tag Entdeckungen, die mich zur Verzweiflung brachten. Diejenigen unter meinen Mitbürgern, über die ich bisher gar keine Meinung gehabt hatte oder die mir äußerlich recht anständig erschienen, stellten sich auf einmal als gemeine, grausame, jeder Niedertracht fähige Menschen heraus. Uns einfache Arbeiter belog und beschwindelte man; man ließ uns stundenlang im kalten Hausflur oder in der Küche warten, man beleidigte uns und behandelte uns roh und gemein. Im Herbst tapezierte ich in unserem Klub das Lesezimmer und noch zwei andere Zimmer; man zahlte mir sieben Kopeken für die Rolle, doch musste ich den Empfang von zwölf Kopeken für die Rolle quittieren. Als ich mich weigerte, dies zu unterschreiben, sagte mir ein sehr anständig aussehender Herr mit goldener Brille, offenbar eines der Vorstandsmitglieder:

»Wenn du noch lange Geschichten machst, du Schurke, bekommst du die Fresse voll!«

Und als ihm ein Diener zuflüsterte, dass ich der Sohn des Architekten Polosnjew sei, wurde er verlegen, errötete, besann sich aber gleich wieder und sagte:

»Ach, hol ihn der Teufel!«

In den Läden verkaufte man uns Arbeitern verdorbenes Fleisch, faules Mehl und gefälschten Tee; in der Kirche stießen uns die Schutzleute herum, in den Krankenhäusern beuteten uns die Feldschere und die Pflegerinnen aus, und wenn wir ihnen infolge unserer Armut nichts gaben, brachten sie uns unser Essen in schmutzigem Geschirr; auf der Post hielt sich auch der kleinste Beamte für berechtigt, uns wie das Vieh zu behandeln und roh und frech anzufahren: »Was drängst du dich vor? Kannst du nicht warten?« Selbst die Hofhunde verhielten sich feindselig gegen uns und bellten uns besonders gehässig an. Was mich aber in meiner neuen Lage am meisten in Erstaunen versetzte, war der völlige Mangel an Gerechtigkeit, das, was das gemeine Volk mit »Die Leute haben Gott vergessen!«, bezeichnet. Fast kein einziger Tag verging ohne Gaunerei. Uns beschwindelten die

Kaufleute beim Verkauf von Firnis, die Unternehmer, die Gesellen und sogar die Kunden. Selbstverständlich waren wir ganz rechtlos und mussten um unser sauer verdientes Geld wie um Almosen betteln, ohne Mütze an der Hintertreppe stehend.

Ich tapezierte im Klub einen der neben dem Lesezimmer gelegenen Räume; eines Abends, als ich schon weggehen wollte, kam in dieses Zimmer die Tochter des Ingenieurs Dolschikow mit einem Paket Bücher in der Hand. Ich verbeugte mich vor ihr.

»Ach, guten Tag!«, sagte sie, mich sofort erkennend und mir die Hand gebend. »Ich freue mich, Sie wiederzusehen.«

Sie lächelte und betrachtete etwas neugierig und verdutzt meine Arbeitsbluse, den Eimer mit dem Kleister und die auf dem Fußboden ausgebreiteten Tapeten; ich wurde verlegen, und auch sie fühlte sich wohl geniert.

»Entschuldigen Sie, dass ich Sie so anschaue«, sagte sie. »Man hat mir von Ihnen viel erzählt. Ganz besondere der Doktor Blagowo, – er ist einfach verliebt in Sie! Ich habe auch schon Ihre Schwester kennengelernt; sie ist ein liebes, sympathisches Mädchen, aber ich konnte sie unmöglich davon überzeugen, dass in Ihrer Wandlung nichts Schreckliches ist. Im Gegenteil, Sie sind jetzt der interessanteste Mensch in dieser Stadt.«

Sie warf wieder einen Blick auf den Eimer mit dem Kleister und auf die Tapeten und fuhr fort:

»Ich habe Doktor Blagowo gebeten, mich mit Ihnen näher bekannt zu machen, er hat es aber offenbar vergessen, oder keine Zeit dazu gehabt. Wie dem auch sei, wir sind ja schon bekannt, und wenn Sie einmal ganz ungezwungen zu mir kommen wollten, wäre ich Ihnen sehr verbunden. Ich möchte so gerne mit Ihnen sprechen! Ich bin ein einfacher Mensch«, sagte sie und gab mir die Hand, »und ich hoffe, Sie werden sich bei mir recht unbefangen fühlen. Mein Vater ist nicht hier, er ist in Petersburg.«

Sie ging, mit dem Kleide rauschend, ins Lesezimmer, ich aber konnte zu Hause lange nicht einschlafen.

Im gleichen traurigen Herbst schickte mir irgendeine gute Seele, die mir anscheinend das Leben erleichtern wollte, bald etwas Tee und Zitronen, bald Gebäck und bald gebratene Rebhühner. Karpowna sagte, dass die Sachen ein Soldat bringe, aber von wem, das wisse sie nicht; der Soldat erkundigte sich aber jedes Mal, ob ich gesund sei, ob ich jeden Tag zu Mittag esse und ob ich warme Kleidung habe. Als die Fröste begannen, brachte mir der gleiche Soldat einmal in meiner Abwesenheit ein gestricktes, weiches Halstuch, dem ein zarter Duft entströmte, und ich erriet sofort, wer die gute Fee war. Das Halstuch roch nach Maiglöckchen, dem Lieblingsparfüm Anjuta Blagowos.

Im Winter gab es wieder mehr zu tun, und meine Stimmung wurde lustiger. Rettich war wieder vom Tode auferstanden, und wir arbeiteten zusammen in der Friedhofskirche, wo wir die Heiligenwand vor dem Vergolden zu grundieren hatten. Das war eine ruhige, saubere und angenehme Arbeit. An einem Tage konnte man viel fertigbringen, und die Zeit verging unmerklich schnell. Dabei wurde weder geflucht, noch gelacht, noch laut gesprochen. Der Ort selbst verpflichtete zu einem wohlanständigen Benehmen und zu stillen und ernsten Gedanken. In unsere Arbeit versunken, standen und saßen wir unbeweglich wie die Statuen; es herrschte eine Totenstille, wie sie einer Friedhofskirche entspricht, und wenn irgendein Werkzeug hinfiel, oder die Flamme in einem der Lämpchen knisterte, hallten diese Töne ungemein laut, und wir sahen uns alle um. Manchmal erklang in der Stille ein Summen, wie wenn Bienen schwärmten: Priester segneten vor dem Altare eine Kinderleiche ein, oder der Maler, der in der Kuppel eine von Sternen umgebene Taube malte, fing leise zu pfeifen an und hörte erschrocken sofort wieder auf; oder Rettich antwortete mit einem Seufzer auf seine eigenen Gedanken: »Alles ist möglich! Alles ist möglich!«; oder über unseren Köpfen ertönte ein abgemessenes, dumpfes Glockengeläut, und die Maler machten gleich die Bemerkung, dass es wohl eine reiche Leiche sei, die man zu Grabe trage ...

Die Tage verbrachte ich in dieser Stille, im Dämmer der Kirche, an den langen Abenden aber spielte ich Billard oder ging ins Theater auf die Galerie in meinem neuen Trikotanzug, den ich mir für das verdiente Geld gekauft hatte. Bei den Aschogins hatten schon die Liebhaberaufführungen und Konzerte begonnen; die Dekorationen malte jetzt Rettich allein. Er erzählte mir den Inhalt der Stücke und der lebenden Bilder, die er zu sehen bekam, und ich hörte ihm ganz neidisch zu. Es zog mich sehr zu den Proben, doch ich konnte mich nicht entschließen, zu den Aschogins zu gehen.

Eine Woche vor Weihnachten kam Doktor Blagowo zurück. Wir debattierten wieder viel miteinander und spielten an den Abenden Billard. Beim Spielen zog er sich immer den Rock aus, knöpfte das Hemd auf der Brust auf und gab sich überhaupt jede Mühe, wie ein fürchterlicher Bummler auszusehen. Er trank wenig, machte aber großen Lärm und brachte es fertig, selbst in so gemeinen Lokalen wie in der »Wolga« zwanzig Rubel an einem Abend auszugeben.

Nun kam meine Schwester wieder zu mir; so oft sie sich bei mir trafen, taten sie sehr erstaunt, aber ihrem freudestrahlenden, schuldbewussten Gesicht konnte ich ansehen, dass diese Begegnungen keine zufälligen waren. Eines Abends beim Billardspiel sagte der Doktor zu mir:

»Hören Sie mal, warum besuchen Sie nie die Dolschikow? Sie kennen Maria Viktorowna nicht, sie ist aber klug und sehr nett, eine einfache, gute Seele.«

Ich erzählte ihm, wie der Ingenieur mich im Frühjahr empfangen hatte.

»Unsinn!«, lachte er. »Der Ingenieur ist Ingenieur, und sie ist ganz für sich. Nein, wirklich, mein Bester, Sie dürfen sie nicht kränken, besuchen Sie sie doch einmal. Wollen wir z. B. morgen Abend zusammen zu ihr gehen. Gut?«

Er überredete mich. Am andern Abend zog ich meinen neuen Trikotanzug an und begab mich in großer Erregung zu der Dolschikow. Der Diener erschien mir jetzt weniger hochmütig und schrecklich, und die Ausstattung weniger prunkvoll als an jenem Morgen, wo ich hier als Bittsteller erschienen war. Maria Viktorowna erwartete mich und begrüßte mich wie einen alten Bekannten mit kräftigem Händedruck. Sie trug ein graues Tuchkleid mit weiten Ärmeln und eine Frisur, die man bei uns, als sie ein Jahr später in Mode kam, »Hundeohren« nannte. Die Haare waren von den Schläfen über die Ohren gekämmt; das machte Maria Viktorownas Gesicht etwas breiter, und sie erschien mir diesmal ihrem Vater ähnlich, dessen breites Gesicht mit den roten Backen etwas von einem Spielzeugkutscher hatte. Sie war hübsch und graziös, sah aber nicht sehr jugendlich, etwa dreißigjährig aus, während sie in Wirklichkeit noch keine fünfundzwanzig war.

»Der liebe Doktor, wie bin ich ihm dankbar!«, sagte sie, mir einen Stuhl anbietend. »Ohne ihn wären Sie doch nicht gekommen. Ich langweile mich zu Tode! Mein Vater ist fort, hat mich hier allein gelassen, und ich weiß gar nicht, was ich in dieser Stadt anfangen soll.«

Dann fragte sie mich, wo ich jetzt arbeite, wie viel ich verdiene und wo ich wohne.

»Sie leben doch nur davon, was Sie selbst verdienen?«, fragte sie mich.

»Ja.«

»Sie glücklicher Mensch!«, seufzte sie. »Alles Übel kommt, glaube ich, vom Müßiggang, von Langeweile, von seelischer Leere, und das alles ist unvermeidlich, wenn man gewohnt ist, auf fremde Kosten zu leben. Glauben Sie nur nicht, dass ich mich interessant machen will, ich sage ee Ihnen ganz aufrichtig: Es ist furchtbar langweilig und unangenehm, reich zu sein. Schließlich ist auch jeder Reichtum unrecht erworben.«

Sie streifte mit einem kalten, ernsten Blick die Möbel, als wollte sie sie zählen und fuhr fort:

»Im Komfort und den sonstigen Bequemlichkeiten steckt irgendein Zauber: Sie ziehen selbst einen willensstarken Menschen allmählich herein. Vater und ich lebten einst ärmlich und einfach, und nun sehen Sie, wie wir jetzt leben. Es ist doch wirklich unerhört«, sie zuckte die Achseln, »wir verleben an die zwanzigtausend Rubel im Jahre! Und das in der Provinz!«

»Den Komfort und die Bequemlichkeiten muss man als ein unvermeidliches Privileg des Kapitals und der Bildung ansehen«, sagte ich, »und ich glaube, dass man diese Bequemlichkeiten mit jeder beliebigen, selbst der schwersten und schmutzigsten Arbeit wohl vereinbaren kann. Ihr Vater ist reich, und doch hat er einst als Maschinist und als einfacher Wagenschmierer gearbeitet.«

Sie lächelte und schüttelte zweifelnd den Kopf.

»Papa isst zuweilen auch Schwarzbrotbrei mit Kwass«, sagte sie. »Das ist ja nur eine Laune, eine Spielerei!«

In diesem Augenblick ertönte die Klingel, und sie erhob sich.

»Die Gebildeten und die Reichen müssen ebenso arbeiten wie alle«, fuhr sie fort, »und wenn es schon einen Komfort gibt, so soll er für alle gleich sein. Es darf keine Privilegien geben! Aber lassen wir das Philosophieren. Erzählen Sie mir lieber etwas Lustiges, erzählen Sie von den Malern. Was sind das für Menschen? Sind sie sehr komisch?«

Nun kam der Doktor. Ich begann von den Malern zu erzählen. Mir fehlte aber die Übung und Unbefangenheit, und ich erzählte ernst und trocken wie ein Ethnograf. Auch der Doktor gab einige Anekdoten aus dem Handwerkerleben zum Besten. Er mimte einen Betrunkenen, schwankte, weinte, stellte sich auf die Knie und legte sich sogar auf den Boden. Es war echtes Theaterspiel, und Maria Viktorowna lachte, dass ihr die Tränen kamen. Dann spielte er Klavier und sang mit seiner angenehmen hohen Tenorstimme, und Maria Viktorowna stand neben ihm, wählte ihm die Noten aus und korrigierte, wenn er Fehler machte.

»Ich hörte, Sie singen auch?«, fragte ich.

»Auch!«, rief der Doktor entsetzt. »Sie ist eine ganz wunderbare Sängerin, eine Künstlerin und Sie sagen: ›auch‹, was fällt Ihnen ein ...«

»Ich gab mich damit einmal ernsthaft ab«, antwortete sie auf meine Frage, »jetzt hab ich's aber vernachlässigt.«

Auf einem niedrigen Schemel hockend, erzählte sie uns von ihrem Leben in Petersburg, imitierte verschiedene berühmte Sänger und zeigte, wie sie singen; sie zeichnete in einem Album den Doktor und dann mich, sie zeichnete schlecht, aber die Bilder wurden ähnlich. Sie lachte, tollte, machte Grimassen, und das stand ihr viel besser zu Gesicht als alle die Gespräche vom unrecht erworbenen Reichtum, und ich hatte nun den Eindruck, dass sie, als sie mit mir vorhin vom Reichtum und Komfort gesprochen, es gar nicht ernst gemeint, sondern ebenfalls jemanden imitiert habe. Sie war eine ganz hervorragende Schauspielerin für komische Rollen. Ich verglich sie in Gedanken mit allen unsern jungen Mädchen, und selbst die hübsche, solide Anjuta Blagowo hielt den Vergleich mit ihr nicht aus; der Unterschied war ebenso groß wie zwischen einer schönen kultivierten Rose und einer Heckenrose.

Wir aßen zu dritt zu Abend. Der Doktor und Maria Viktorowna tranken Rotwein, Champagner und Kaffee mit Kognak; sie stießen an auf die Freundschaft, den Verstand, den Fortschritt und die Freiheit und wurden nicht berauscht. Sie waren nur rot geworden und lachten oft ohne jeden Grund, sodass ihnen die Tränen die Wangen herunterliefen. Um nicht als langweiliger Mensch zu erscheinen, trank ich auch Rotwein.

»Talentierte, reich begabte Naturen«, sagte die Dolschikowa, »wissen, wie sie zu leben haben, und gehen ihren Weg; mittelmäßige Menschen aber, wie z. B. ich, wissen nichts und können nichts; ihnen bleibt nichts anderes übrig, als irgendeine tiefe allgemeine Bewegung zu finden und mit dem Strome mitzuschwimmen.«

»Kann man denn etwas finden, was es nicht gibt?«, fragte der Doktor.

»Es gibt wohl Bewegungen, wir sehen sie nur nicht.«

»Glauben Sie? Alle diese Bewegungen hat die neue Literatur erfunden. In Wirklichkeit gibt es sie bei uns nicht.«

Es entspann sich ein Streit.

»Es gibt bei uns gar keine tiefen allgemeinen Bewegungen«, sagte der Doktor, »und hat auch niemals welche gegeben. Was die neue Literatur nicht alles erfunden hat! Sie hat ja auch den intellektuellen Pionier auf dem Lande erfunden; Sie können aber alle Dörfer absuchen und werden keinen einzigen finden; höchstens einen rohen Kerl in städtischer Kleidung, der kaum des Schreibens mächtig ist. Das Kulturleben hat bei uns noch nicht angefangen. Dieselbe Wildheit, derselbe Sklavensinn wie vor fünfhundert Jahren. Bewegungen, Strömungen, – ja die gibt es wohl, aber sie sind seicht und kläglich und stets mit irgendwelchen Pfenniginteressen verbunden, – kann man denn darin etwas Ernstes sehen? Wenn Sie eine so tiefe Bewegung in der Gesellschaft gefunden zu haben glauben, der Sie folgen werden, um Ihr Leben irgendwelchen Aufgaben im modernen Geschmack, wie der Befreiung der Insekten von Sklaverei oder der Abstinenz von Fleischgenuss zu widmen, so gratuliere ich Ihnen, meine Gnädigste! Wir müssen lernen, lernen und lernen, mit den tiefen allgemeinen Bewegungen wollen wir aber noch warten: Dazu sind wir noch nicht reif und verstehen auch, aufrichtig gesagt, gar nichts davon.«

»Sie verstehen es nicht, aber ich!«, sagte Maria Viktorowna. »Sie sind heute, weiß Gott, wie langweilig!«

»Unsere Sache ist es, zu lernen und möglichst viel Wissen zu sammeln, denn die ernsthaften Strömungen sind nur dort, wo Wissen ist, und im Wissen liegt das Glück der künftigen Menschheit. Ich trinke auf die Wissenschaft!«

»Eines steht fest: Man muss das Leben irgendwie anders einrichten«, sagte Maria Viktorowna nach einigem Nachdenken. »Das bisherige Leben ist nichts wert. Wir wollen davon lieber gar nicht reden.«

Als wir von ihr fortgingen, schlug es vom Domturm zwei Uhr.

»Hat sie Ihnen gefallen?«, fragte der Doktor. »Sie ist doch sehr nett, nicht wahr?«

Am ersten Weihnachtsfeiertage aßen wir bei Maria Viklorowna zu Mittag und besuchten sie während der Ferien jeden Tag. Außer uns verkehrte niemand bei ihr, und sie hatte recht, wenn sie sagte, dass sie außer mir und dem Doktor keine Bekannten in der Stadt hätte. Wir vertrieben uns die Zeit meistens mit Gesprächen; der Doktor brachte manchmal ein Buch oder eine Zeitschrift mit und las uns etwas vor. Eigentlich war er der erste gebildete Mensch, der mir im Leben begegnete. Ich kann nicht beurteilen, ob er viel wusste, aber er zeigte bei jeder Gelegenheit seine Kenntnisse, die er auch den anderen mitteilen wollte. Wenn er von der Medizin sprach, glich er keinem unserer städtischen Ärzte, sondern machte einen ganz neuen, eigenen Eindruck, und ich glaubte, dass er, wenn er wollte, ein echter Gelehrter werden könnte. Er war wohl der einzige Mensch, der um jene Zeit einen ernsten Einfluss auf mich ausübte. Nach den Gesprächen mit ihm und nach der Lektüre der Bücher, die er mir, zu lesen gab, begann ich allmählich ein Bedürfnis nach einem Wissen zu spüren, welches meinem eintönigen Arbeitsleben einen geistigen Inhalt geben könnte. Mir kam es schon sonderbar vor, dass ich bisher nicht gewusst hatte, dass die ganze Welt aus sechzig einfachen Körpern besteht, dass ich keine Ahnung gehabt hatte, was Firnis ist, was die Farben sind, und ich wunderte mich selbst, wie ich mich ohne diese Kenntnisse habe behelfen können. Der Verkehr mit dem Doktor hob mich auch moralisch. Ich debattierte oft mit ihm, und obwohl ich meistens bei meiner eigenen Meinung blieb, sah ich doch allmählich ein, dass mir nicht alles klar war, und ich bemühte mich, möglichst bestimmte Überzeugungen zu gewinnen, damit auch die Stimme meines Gewissens bestimmt und eindeutig sei. Trotz alledem war aber dieser gebildetste und beste Mensch unserer Stadt von der Vollkommenheit recht weit entfernt. In seinen Manieren, in seiner Angewohnheit, aus jedem Gespräch einen Streit zu machen, in seiner angenehmen Tenorstimme und selbst in seiner Freundlichkeit steckte etwas Ungehobeltes, Grobes, und wenn er seinen Rock auszog und im Seidenhemde blieb, oder wenn er dem Kellner im Gasthause ein Trinkgeld hinwarf, hatte ich jedes Mal den Eindruck, dass in ihm trotz aller Kultur noch viel Tatarisches stecke.

Am Dreikönigstag reiste er wieder nach Petersburg. Er war morgens abgefahren, und am Nachmittag kam meine Schwester zu mir. Ohne Pelz und Hut abzulegen, saß sie schweigend und sehr blass da und starrte auf einen Punkt. Sie fröstelte und tat sich sichtlich einen Zwang an.

»Du hast dich wahrscheinlich erkältet«, sagte ich.

Ihre Augen füllten sich mit Tranen, sie stand auf und ging zu der Karpowna, ohne mir auch nur ein Wort zu sagen, als hätte ich sie beleidigt. Etwas später hörte ich sie mit dem Tone eines bitteren Vorwurfs sagen:

»Kinderfrau, wozu habe ich bis jetzt gelebt? Wozu? Sage mir, habe ich nicht selbst meine Jugend verdorben? In den schönsten Jahren meines Lebens habe ich nichts anderes getan, als Ausgaben aufgeschrieben, Tee eingeschenkt, die Kopeken gezählt, Gäste unterhalten, und das alles hielt ich für das Höchste in der Welt! Kinderfrau, begreife doch, auch ich habe menschliche Bedürfnisse, auch ich möchte Leben, sie haben aber eine Schlüsselbewahrerin aus mir gemacht. Es ist entsetzlich, entsetzlich!«

Und sie schleuderte ihre Schlüssel gegen die Tür, dass sie klirrend in mein Zimmer flogen. Es waren die Schlüssel vom Büfett, vom Küchenschrank, vom Keller und vom Teekasten, die gleichen Schlüssel, die einst meine Mutter stets bei sich getragen hatte.

»Ach du lieber Gott!«, entsetzte sich die Alte. »Heilige Märtyrer!«

Vor dem Weggehen kam meine Schwester zu mir ins Zimmer, um die Schlüssel aufzulesen, und sagte mir:

»Entschuldige mich, bitte. Mit mir geht in der letzten Zeit etwas Seltsames vor.«

8

Als ich einmal spät abends von Maria Viktorowna heimkehrte, traf ich in meinem Zimmer einen jungen Polizeibeamten in nagelneuer Uniform; er saß an meinem Tisch und blätterte in einem Buch.

»Endlich!«, sage er, aufstehend und sich reckend. »Ich komme schon zum dritten Mal her. Der Gouverneur hat befohlen, dass Sie morgen um neun Uhr früh zu ihm kommen sollen, ganz unbedingt!«

Er ließ mich durch Unterschrift bestätigen, dass ich dem Befehl Seiner Exzellenz nachkommen werde, und ging. Dieser Abendbesuch des Polizeibeamten und die unerwartete Einladung zum Gouverneur wirkten auf mich niederschmetternd. Von frühester Kindheit an habe ich stets Angst vor allen Gendarmen, Polizisten und Gerichtsbeamten gehabt und jetzt war ich so aufgeregt, als hätte ich mir tatsächlich etwas zuschulden kommen lassen. Ich konnte gar nicht einschlafen. Auch die Kinderfrau und Prokofij waren aufgeregt und schliefen nicht. Die Alte hatte zudem Ohrenschmerzen; sie stöhnte und fing sogar einige Mal zu weinen an. Als Prokofij hörte, dass ich nicht schlief, kam er leise, mit dem

Lämpchen in der Hand zu mir herein und setzte sich an den Tisch.

»Sie sollten etwas Pfefferschnaps trinken«, sage er nach einiger Überlegung. »In diesem Jammertal muss man immer etwas trinken, und dann wird das Leben erträglich. Wenn man auch Mama etwas Pfefferschnaps ins Ohr gießen würde, wäre die Wirkung sicher gut«.

Gegen drei Uhr begab er sich nach dem Schlachthause, um Fleisch zu holen. Ich wusste, dass ich bis zum Morgen nicht mehr einschlafen würde, und schloss mich ihm an, um mir die Zeit bis neun Uhr zu vertreiben. Wir beide gingen mit der Laterne voraus, und sein Lehrjunge Nikolka, ein dreizehnjähriger Bengel, der blaue Frostbeulen im Gesicht hatte und wie ein richtiger Räuber aussah, fuhr im Schlitten nach und trieb mit heiserer Stimme die Pferde an.

»Ihnen steht beim Gouverneur wohl eine Bestrafung bevor«, sagte mir Prokofij unterwegs. »Es gibt eine Gouverneurswissenschaft, es gibt eine Archimandritenwissenschaft, es gibt eine Offizierswissenschaft und es gibt eine Doktorwissenschaft; jeder Stand hat seine Wissenschaft. Sie halten sich aber an Ihre Wissenschaft nicht, und das darf man Ihnen nicht erlauben.«

Das Schlachthaus befand sich hinter dem Friedhof, ich hatte es bisher immer nur aus der Entfernung gesehen. Es waren drei von einem grauen Bretterzaun umgebene düstere Schuppen. Wenn im Sommer an heißen Tagen der Wind von dieser Seite kam, brachte er einen erstickenden Geruch mit sich. Als ich jetzt in der Dunkelheit in den Hof trat, konnte ich die Schuppen nicht sehen; ich stieß nur auf Pferde und Schlitten, die teils leer, teils schon mit Fleisch beladen waren; Männer mit Laternen gingen hin und her und fluchten abscheulich. Auch Prokofij und Nikolka fluchten, und die Luft war von Flüchen, Husten und Pferdegewieher erfüllt.

Es roch nach Kadavern und Mist. Der Schnee taute und vermischte sich mit dem Schmutz, und mir schien es im Dunkeln, dass ich in lauter Blutpfützen trete.

Nachdem wir den Schlitten mit Fleisch vollgeladen hatten, fuhren wir zum Fleischladen auf dem Markte. Der Morgen dämmerte eben. Eine nach der anderen kamen nun die Köchinnen mit ihren Einkaufskörben und auch ältere Damen in Mänteln. Prokofij stand mit dem Beil in der Hand, in weißer, blutbespritzter Schürze, fluchte, schwor, bekreuzigte sich mit einem Blick auf die Kirche und schrie so laut, dass man es auf dem ganzen Markte hören konnte, er verkaufe das Fleisch zu Selbstkosten und sogar mit Verlust. Er betrog beim Wiegen und beim Rechnen, die Köchinnen sahen es, waren aber von seinem Geschrei so betäubt, dass sie gar nicht protestierten und ihn nur einen Henker nannten. Er fuchtelte mit seinem schrecklichen Beil, nahm dabei malerische Posen an und schrie so wild, dass ich fürchtete, er würde tatsächlich jemandem den Kopf oder die Hand abhauen.

Ich verbrachte den ganzen Morgen im Fleischerladen, und als ich endlich zum Gouverneur ging, roch mein Pelzmantel nach Fleisch und Blut. Mein Gemütszustand war so, als ob ich den Befehl hätte, mit einem Spieß auf einen Bären loszugehen. Ich erinnere mich an eine hohe Treppe mit gestreiftem Teppich und an einen jungen Beamten im Frack mit glänzenden Knöpfen, der mir schweigend mit den beiden Händen auf die Tür zeigte und gleich davonlief, um mich anzumelden. Ich trat in einen Saal, dessen Ausstattung prunkvoll, aber kalt und geschmacklos war. Besonders unangenehm fielen mir die hohen schmalen Pfeilerspiegel und die grellgelben Vorhänge auf. Man sah, dass die Gouverneure wechselten, während die Ausstattung immer die gleiche blieb. Der junge Beamte zeigte wieder mit beiden Händen auf die Tür, und ich trat an einen großen grünen Tisch, an dem ein General mit dem Wladimirorden am Halse stand.

»Herr Polosnjew, ich habe Sie kommen lassen«, begann er, einen Brief in der Hand haltend und den Mund so weit und rund öffnend, dass er wie der Buchstabe O aussah. »Ich habe Sie kommen lassen, um Ihnen Folgendes zu eröffnen. Ihr geehrter Herr Vater hat sich schriftlich und mündlich an den Adelsmarschall des Gouvernements gewandt und ihn gebeten, Sie vorzuladen und Ihnen vorzustellen, wie unvereinbar Ihr Benehmen mit dem Stande eines Edelmanns ist, dem anzugehören Sie die Ehre haben. Seine Exzellenz, Alexander Pawlowitsch, der mit Recht der Ansicht ist, dass Ihr Benehmen als ein schlechtes Beispiel wirken könnte und dass seine Vorstellung allein nicht genügen würde, dass vielmehr eine administrative Einmischung notwendig sei, hat mir in diesem Briefe seine Erwägungen auseinandergesetzt, die ich vollkommen teile.«

Er sprach leise, höflich, in aufrechter Haltung, als ob ich sein Vorgesetzter wäre, und blickte mich gar nicht streng an. Sein Gesicht war abgelebt, welk und von vielen Runzeln durchfurcht, unter den Augen hingen Säckchen, er färbte sich das Haar, und nach seinem Äußeren konnte man unmöglich bestimmen, ob er vierzig oder sechzig Jahre alt war.

»Ich hoffe«, sagte er fortfahrend, »Sie werden den Takt des verehrten Alexander Pawlowitsch zu schätzen wissen, der sich an mich nicht offiziell, sondern mit einem privaten Briefe gewandt hat. Auch ich habe Sie nicht offiziell vorgeladen und spreche mit Ihnen nicht als Gouverneur, sondern als aufrichtiger Verehrer Ihres Herrn Vaters. Ich bitte Sie also, entweder Ihr Benehmen zu ändern und sich den Pflichten Ihres Standes zuzuwenden, oder, zur Vermeidung von Ärgernis an einen anderen Ort zu ziehen, wo man Sie nicht kennt und wo Sie sich beschäftigen können, womit Sie wollen. Im anderen Falle müsste ich die äußersten Maßregeln ergreifen.«

Eine halbe Minute blieb er noch mit offenem Munde stehen und sah mich an.

»Sind Sie Vegetarier?«, fragte er.

»Nein, Exzellenz, ich esse Fleisch.«

Er setzte sich und zog irgendein Papier zu sich heran; ich verbeugte mich und ging.

Vor dem Essen lohnte es nicht mehr, zur Arbeit zu gehen. Ich begab mich nach Hause, um auszuschlafen, konnte aber keinen Schlaf finden, da mich der Aufenthalt auf dem Schlachthofe und die Unterredung mit dem Gouverneur in eine unangenehme, krankhafte Stimmung versetzt hatten. Ich wartete bis zum Abend und ging verstimmt und in düsterer Stimmung zu Maria Viktorowna. Ich erzählte ihr von meinem Besuch beim Gouverneur. Sie sah mich erstaunt, beinahe ungläubig an und lachte plötzlich so lustig und lau; auf, wie es nur gutmütige, zum Lachen aufgelegte Menschen können.

»Wenn man das in Petersburg erzählen würde!«, sagte sie, sich vor Lachen schüttelnd. »Wenn man das in Petersburg erzählen würde!«

9

Jetzt sahen wir uns sehr oft, manchmal zweimal am Tage, Sie kam fast jeden Nachmittag auf den Friedhof gefahren und vertrieb sich die Zeit, bis ich mit meiner Arbeit fertig war, mit dem Lesen der Inschriften auf den Kreuzen und Grabsteinen. Manchmal kam sie auch in die Kirche, stand neben mir und sah meiner Arbeit zu. Die Stille, die naive Arbeit der Maler und Vergolder, die tiefsinnige Bemerkungen Rettichs, auch dass ich mich äußerlich von den anderen Handwerkern durch nichts unterschied und ebenso wie sie in Hemdsärmeln und Pantoffeln arbeitete, und dass sie mich alle duzten, – das kam ihr alles neu und rührend vor. Einmal rief mir in ihrer Gegenwart der Maler, der in der Kuppel die Taube malte, zu:

»Missail, bring mir mal Bleiweiß herauf!«

Ich brachte ihm das Bleiweiß, und als ich nachher das schwankende Gerüst herunterstieg, sah sie mich zu Tränen gerührt und lächelnd an.

»Wie nett Sie doch sind!«, sagte sie mir.

Ich hatte von meiner Kindheit her in Erinnerung, wie bei einem unserer reichen Bürger ein grüner Papagei aus seinem Käfig hinausgeflogen war und wie der schöne Vogel einen ganzen Monat einsam und obdachlos durch die ganze Stadt von Garten zu Garten flatterte. Maria Viktorowna erinnerte mich an diesen Vogel.

»Der Friedhof ist jetzt der einzige Ort, wo ich noch hingehen kann«, sagte sie mir lachend. »Die Stadt widert mich an. Bei den Aschogins wird deklamiert, gesungen und gelispelt, und ich kann sie gar nicht mehr verdauen; Ihre Schwester ist furchtbar menschenscheu, Fräulein Blagowo hasst mich aus irgendeinem Grunde, und das Theater liebe ich nicht. Was soll ich also anfangen?«

Wenn ich zu ihr kam, roch ich nach Farbe und Terpentin, meine Hände waren dunkel, – und das gefiel ihr; sie wollte, dass ich zu ihr nicht anders als in meinem gewöhnlichen Arbeitskleide käme; aber in ihrem Salon fühlte ich mich in dieser Kleidung doch unbehaglich und verlegen, wie wenn ich eine Uniform anhätte, und darum zog ich jedes Mal, bevor ich zu ihr ging, meinen neuen Trikotanzug an. Und das missfiel ihr.

»Gestehen Sie es nur, Sie haben sich in Ihre neue Rolle noch nicht ganz hineingefunden«, sagte sie mir einmal. »Der Arbeitsanzug geniert Sie, Sie fühlen sich unbehaglich darin. Sagen Sie, kommt es vielleicht daher, dass Sie sich noch nicht ganz sicher und befriedigt fühlen? Kann Ihnen überhaupt diese Arbeit, die Sie sich gewählt haben, diese Malaria Befriedigung geben?«, fragte sie lachend. »Ich weiß, dass der Anstrich die Gegenstände schöner und dauerhafter macht, aber alle diese Gegenstände gehören doch schließlich den reichen Städtern und sind Luxusgegenstände. Außerdem haben Sie selbst mehr als einmal gesagt, dass jeder Mensch sich das Brot mit eigenen Händen verdienen soll. Sie verdienen aber Geld und nicht Brot. Warum halten Sie sich nicht an den buchstäblichen Sinn Ihrer Worte? Man soll sich sein Brot verdienen, d. h., man soll pflügen, säen, mähen, dreschen oder auch etwas anderes tun, was in unmittelbarer Beziehung zur Landwirtschaft steht, z. B. Kühe hüten, Erde graben, Häuser zimmern ...«

Sie öffnete ein hübsches Schränkchen, das neben ihrem Schreibtische stand, und sagte:

»Das alles sage ich Ihnen, weil ich Sie in mein Geheimnis einweihen möchte. Voilà! Das ist meine landwirtschaftliche Bibliothek. Hier ist Feld, Gemüse- und Obstgarten, Viehhof und Imkerei. Ich lese mit Heißhunger und habe schon alle die Theorien erfasst. Mein sehnlichster Wunsch ist, sowie es März wird, nach Dubetschnja zu gehen. Dort ist es herrlich, wunderbar! Nicht wahr? Im ersten Jahr werde ich nur zuschauen und mich gewöhnen, im nächsten Jahr aber tüchtig arbeiten, ohne mich zu schonen. Papa hat mir Dubetschnja zum Geschenk versprochen, und ich werde dort alles machen, was ich will.«

Ganz rot und erregt, lachend und beinahe weinend, fantasierte sie laut, wie sie in Dubetschnja leben wollte und was das für ein interessantes Leben werden würde. Ich aber beneidete sie. Der März stand schon vor der Tür, die Tage wurden immer länger, an heiteren, sonnigen Nachmittagen tropfte es von den Dächern, und es roch nach Frühling; auch ich hatte Lust, aufs Land zu gehen.

Als sie mir sagte, dass sie nach Dubetschnja ziehen wollte, stellte ich mir lebhaft vor, wie ich nun in der Stadt allein bleiben würde, und ich wurde auf den Bücherschrank und auf die Landwirtschaft eifersüchtig. Ich kannte und liebte die Landwirtschaft nicht und wollte ihr schon sagen, dass die Landwirtschaft eine Beschäftigung für Sklaven sei, aber da fiel mir ein, dass auch mein Vater schon einen ähnlichen Gedanken geäußert hatte, und sagte darum nichts.

Die großen Fasten brachen an. Aus Petersburg kam der Ingenieur Viktor Iwanowitsch gefahren, dessen Existenz ich ganz vergessen hatte. Er kam unerwartet und hatte nicht einmal telegrafiert. Als ich wie gewöhnlich am Abend hinkam, ging er frisch gewaschen und frisiert, um mindestens zehn Jahre verjüngt, im Salon auf und ab und erzählte etwas; seine Tochter kniete vor seinen Koffern, packte Schachteln, Flakons und Bücher aus und reichte sie dem Diener Pawel. Als ich den Ingenieur erblickte, trat ich unwillkürlich einen Schritt zurück, er aber streckte mir beide Hände entgegen, lächelte, wobei er seine weißen, kräftigen Kutscherzähne zeigte, und sagte:

»Da ist er ja, da ist er ja! Ich freue mich sehr, Sie zu sehen! Mascha hat mir alles erzählt, sie hat eine wahre Lobhymne auf Sie gesungen. Ich verstehe Sie vollkommen und billige alles!«, fuhr er fort, mich beim Arm nehmend. »Es ist viel klüger und ehrlicher, ein anständiger Arbeiter zu sein, als ärarisches Papier zu beschmieren und eine Beamtenmütze zu tragen. Ich selbst habe mit diesen Händen in Belgien gearbeitet und bin dann zwei Jahre Maschinist gewesen ...«

Er hatte einen kurzen Hausrock und Hausschuhe an und ging etwas wacklig, wie wenn er das Podagra hätte. Er rieb sich die Hände, summte ein Liedchen und strahlte vor Vergnügen, dass er endlich nach Hause zurückgekehrt war und seine geliebte Dusche genommen hatte.

»Es ist wahr«, sagte er mir beim Abendessen, »es ist wahr, dass ihr alle angenehme und sympathische Menschen seid; aber sobald ihr die körperliche Arbeit ergreift oder mit der Rettung des Bauernstandes beginnt, wird bei euch alles zu einer Sektiererei. Sind Sie denn kein Sektierer? Sie trinken ja keinen Schnaps. Ist das vielleicht keine Sektiererei?«

Um ihm das Vergnügen zu machen, trank ich Schnaps. Ich trank auch Wein. Wir probierten Käse, Wurst, Pasteten und alle möglichen Delikatessen, die der Ingenieur mitgebracht hatte, und die Weine, die in seiner Abwesenheit aus dem Auslande gekommen waren. Die Weine waren vorzüglich. Der Ingenieur brauchte aus irgendeinem Grunde für die ausländischen Weine und Zigarren keinen Zoll zu zahlen; den Kaviar schickte ihm jemand umsonst zu, und auch seine Wohnung kostete ihm nichts, da der Hausbesitzer das Petroleum für die Eisenbahn lieferte: er und seine Tochter machten auf mich überhaupt den Eindruck, als stünde alles Gute, was es in der Welt gibt, zu ihrer Verfügung, und zwar kostenlos.

Ich setzte meinen Verkehr bei ihnen fort, doch mit geringerer Lust. Der Ingenieur genierte mich, und in seiner Gegenwart fühlte ich mich wie gefesselt. Ich konnte den Blick seiner heiteren, unschuldigen Augen nicht ertragen, seine Betrachtungen widerten mich an; ebenso qualvoll war mir auch die Erinnerung, dass ich erst vor Kurzem von diesem satten, rotbackigen Menschen abhängig war und dass er mich so furchtbar grob behandelt hatte. Jetzt nahm er mich zwar oft um die Taille, klopfte mir freundschaftlich auf die Schulter, lobte meine Lebensweise, aber ich fühlte, dass er mich nach wie vor verachtete und nur seiner Tochter zuliebe bei sich duldete; ich konnte nicht mehr lachen und auch nicht mehr sprechen, was ich wollte; ich war scheu und schüchtern und wartete immer, dass er mich ebenso wie seinen Diener Pawel mit »Pantelej« anreden würde. Wie empörte sich mein provinzieller, bürgerlicher Stolz! Ich, ein Proletarier und Malergeselle besuchte jeden Tag diese reichen, mir fremden Leute, die von der ganzen Stadt als vornehme Ausländer angesehen wurden, und trank bei ihnen jeden Tag teure Weine und aß ungewöhnliche Speisen, – damit wollte sich mein Gewissen nicht abfinden! Wenn ich zu ihnen ging, vermied ich es, die Menschen, denen ich begegnete, anzusehen, und blickte mürrisch drein, als wäre ich wirklich ein Sektierer; und wenn ich vom Ingenieur nach Hause ging, schämte ich mich meiner Sattheit.

Vor allen Dingen fürchtete ich, in den Bann Maria Viktorownas zu geraten. Ob ich auf der Straße ging, ob ich arbeitete oder ob ich mit den anderen Arbeitern sprach, dachte ich immer nur an den bevorstehenden Besuch bei ihr und stellte mir ihre Stimme, ihr Lachen und ihren Gang vor. Bevor ich zu ihr aufbrach, stand ich jedes Mal lange vor dem elenden Spiegel der Kinderfrau und band meine Krawatte; mein Trikotanzug schien mir hässlich, ich litt darunter und verachtete mich zugleich wegen dieser Kleinlichkeit. Manchmal rief sie mir aus einem der Nebenzimmer zu, dass sie noch nicht fertig sei und dass ich warten möchte; ich hörte, wie sie sich ankleidete, das regte mich auf, und mir war es, als senke sich der Boden unter meinen Füssen. Und wenn ich auf der Straße, selbst in der Ferne eine weibliche Gestalt sah, stellte ich unbedingt Vergleiche an; mir schien es, dass alle unsere Frauen und Mädchen vulgär und geschmacklos gekleidet seien und sich nicht zu benehmen verstünden; und diese Vergleiche machten mich stolz: Maria Viktorowna ist doch schöner als alle! Nachts aber sah ich sie und mich im Traume.

Eines Abends verzehrten wir zu dritt einen ganzen Hummer. Auf dem Heimwege fiel mir ein, dass der Ingenieur mich beim Abendessen zweimal »mein Bester« angeredet hatte, und ich sagte mir, dass man mich in diesem Hause nur wie einen großen, unglücklichen Hund behandle, der seinen Herrn verloren habe, dass man sich über mich amüsiere und mich wegjagen würde, wenn man meiner überdrüssig geworden wäre. Ich schämte mich und fühlte solchen Schmerz, dass ich beinahe weinen musste; mir war es so zumute, als hätte man mich schwer beleidigt, und ich schwor, mit einem Blick auf den Himmel, allem ein Ende zu machen.

Am anderen Tage ging ich nicht mehr zu den Dolschikows. Am späten Abend, als es sehr dunkel war und in Strömen regnete, ging ich durch die Große Adelsstraße und sah zu den Fenstern hinauf. Bei den Aschogins schlief man schon, und nur eines der äußersten Fenster war noch erleuchtet; die alte Frau Aschogina stickte wohl noch beim Scheine dreier

Kerzen und bildete sich ein, mit den Vorurteilen zu kämpfen. Im Hause meines Vaters war alles dunkel, und bei den Dolschikows gegenüber brannte Licht, aber die Blumen und die Vorhänge an den Fenstern ließen nicht hineinsehen. Ich ging im kalten Märzregen immer auf und ab. Ich sah meinen Vater aus dem Klub heimkommen; er klopfte ans Tor, und nach einer Weile erschien in einem der Fenster Licht, und ich sah meine Schwester, die mit der Lampe öffnen ging und im Gehen mit der einen Hand ihr reiches Haar in Ordnung brachte. Mein Vater ging dann im Wohnzimmer auf und ab, erzählte etwas und rieb sich die Hände, meine Schwester saß aber unbeweglich in einem Sessel und schien an etwas zu denken, ohne ihm zuzuhören.

Nun gingen sie schlafen, und das Licht erlosch ... Ich blickte mich nach dem Hause des Ingenieurs um, – auch hier war schon alles dunkel. Im Finstern, vom Regen durchnässt, fühlte ich mich auf einmal hoffnungslos einsam und verlassen, fühlte, wie nichtig und kleinlich alle meine Sorgen, Wünsche, Gedanken und Worte im Vergleich zu dieser Einsamkeit waren, im Vergleich zu diesem echten Schmerz und den Qualen, die mir noch bevorstanden. Alles, was die lebenden Wesen tun und denken, ist leider lange nicht so bedeutend wie das, was sie leiden. Ohne mir über mein Tun Rechenschaft abzulegen, zog ich aus aller Kraft an der Hausklingel des Ingenieurs, riss den Draht ab und rannte wie ein Schuljunge davon, von der Angst getrieben, dass jemand herauskommen und mich erkennen würde. Als ich am Ende der Straße stehen blieb, um mich zu verschnaufen, hörte ich nur den Regen rauschen, und irgendwo in der Ferne den Nachtwächter auf sein Eisenbrett hämmern.

Eine ganze Woche ging ich nicht zu den Dolschikows. Mein Trikotanzug war schon verkauft. Malerarbeit gab's nicht mehr, ich hungerte wieder und verdiente mir zehn bis zwanzig Kopeken am Tage durch schwere unangenehme Gelegenheitsarbeit. Bis zu den Knien im kalten Schmutz watend, alle meine Kräfte anspannend, wollte ich die Erinnerung niederringen und rächte mich gleichsam für alle die Käse und Konserven, die ich beim Ingenieur genossen hatte; aber sobald ich mich ins Bett legte, fing meine sündige Fantasie an, nur herrliche, verführerische Bilder zu malen, und ich gestand mir mit Erstaunen, dass ich liebte, leidenschaftlich liebte. Ich versank dann in einen festen und gesunden Schlaf, und es war mir, als ob die schwere Arbeit meinen Körper kräftiger und jünger machte.

Eines Abends fing es unnötigerweise zu schneien an, und vom Norden her blies es, als ob der Winter wiederkommen wollte. Als ich ab diesem Abend von meiner Arbeit heimkehrte, traf ich in meinem Zimmer Maria Viktorowna. Sie saß im Pelzmantel, beide Hände im Muff.

»Warum kommen Sie nicht mehr zu mir?«, fragte sie und richtete ihre klugen, hellen Augen auf mich. Ich aber war ganz wirr vor Freude und stand vor ihr stramm wie vor meinem Vater, wenn er mich schlagen wollte; sie sah mir ins Gesicht, und ich konnte in ihren Augen lesen, dass ihr der Grund meiner Verwirrung klar war.

»Warum kommen Sie nicht mehr zu mir?«, fragte sie wieder.

»Da Sie nicht kommen wollen, so bin ich selbst gekommen.«

Sie stand auf und trat ganz dicht an mich heran.

»Verlassen Sie mich nicht«, sagte sie, und ihre Augen füllten sich mit Tränen. »Ich bin einsam, ganz einsam.«

Sie fing zu weinen an und sagte, das Gesicht im Muff verbergend:

»Ganz einsam! Mein Leben ist schwer, furchtbar schwer, und ich habe auf der ganzen Welt niemand außer Ihnen. Verlassen Sie mich nicht!«

Sie suchte ihr Taschentuch, um die Tränen zu trocknen, und lächelte; eine Weile schwiegen wir; dann umarmte und küsste ich sie, wobei ich mir die Wange an der Nadel blutig ritzte, mit der ihre Pelzmütze befestigt war.

Und wir sprachen dann so miteinander, als ob wir uns schon lange nahe stünden.

10

Nach zwei Tagen schickte sie mich nach Dubetschnja, und ich war unsagbar froh darüber. Als ich zum Bahnhof ging und dann in der Eisenbahn saß, lachte ich ohne jeden Grund, und die Leute schauten mich an wie eine Betrunkenen. Es schneite noch und es gab auch noch Morgenfröste, aber die Straßen waren schon dunkel und über ihnen flogen krächzend die Krähen.

Anfangs wollte ich für uns eine Wohnung im Seitenflügel einrichten, dem Flügel der Frau Tscheprakowa gegenüber; es zeigte sich aber, dass darin seit langer Zeit Tauben und Enten nisteten, sodass es unmöglich war, ihn zu säubern, ohne eine Menge Nester zu zerstören. Ob wir wollten oder nicht, wir mussten uns in den ungemütlichen Zimmern des Hauptgebäudes mit den Jalousien einrichten. Die Bauern nannten dieses Haus ein Palais; es waren über zwanzig Zimmer darin, an Möbeln gab es aber nur das Klavier und einen Kinderstuhl, der auf dem Dachboden lag; wenn Mascha sogar alle ihre Möbel aus der Stadt hergebracht hätte, wäre es uns doch nicht gelungen, diesen kalten und unfreundlichen Eindruck zu beseitigen. Ich wählte drei kleinere Zimmer mit den Fenstern auf den Garten und arbeitete vom frühen Morgen bis spät in die Nacht hinein an ihrer Herrichtung: Ich setzte neue Scheiben ein, tapezierte die Wände und flickte die Ritzen und Löcher im Fußboden. Es war eine leichte und angenehme Arbeit. Jeden Augenblick lief ich an den Fluss, um zu sehen, ob der Eisgang noch nicht angefangen hätte, und es kam mir immer vor, als wenn die Stare schon da wären. Nachts dachte ich aber mit einem unsagbar süßen Gefühl, mit einer Freude, die mir den Atem benahm, an Mascha und lauschte dem Getue der Ratten und dem Heulen des

Windes; es klang so, als ob auf dem Dachboden der alte Hausgeist hustete.

Der Schnee lag tief; Ende März war noch sehr viel Schnee gefallen, aber er taute unheimlich schnell wie auf den Wink eines Zauberers. Die Frühjahrsgewässer rauschten wild vorüber, und Ende April lärmten schon die Stare und flatterten gelbe Schmetterlinge. Das Wetter war herrlich. Jeden Tag ging ich Mascha entgegen, und es war mir ein Hochgenuss, barfuß auf den trocknenden, noch weichen Boden zu treten. Auf halbem Wege setzte ich mich und sah zur Stadt hinüber; ich konnte mich nie entschließen, ganz nahe heranzukommen. Ihr Anblick machte mich verlegen. Ich fragte mich immer: Was werden meine Bekannten zu meiner Liebe sagen? Was wird mein Vater sagen? Besonders verlegen machte mich der Gedanke, dass mein Leben nun kompliziert wurde, dass ich die Fähigkeit, es selbst zu leiten, verlor, und dass es mich wie ein Luftballon Gott weiß wohin entführte. Ich dachte nicht mehr daran, wie ich mir meinen Unterhalt verdienen könnte, wie ich leben sollte; woran ich dachte, das weiß ich nicht mehr.

Mascha kam im Wagen gefahren; ich setzte mich zu ihr, und wir fuhren zusammen froh und frei nach Dubetschnja. Manchmal wartete ich auch bis zum Sonnenuntergang und kehrte unzufrieden, missgestimmt zurück, weil Mascha nicht gekommen war; vor dem Tore des Gutes oder im Garten erwartete mich aber ein liebes Gesicht – es war Mascha! Und es stellte sich heraus, dass sie diesmal mit der Bahn gekommen und von der Station zu Fuß gegangen war. Diese Freude! In einem ganz einfachen Wollkleide, im Kopftuch, mit einem ganz bescheidenen Sonnenschirm, doch geschnürt, elegant, in teuren ausländischen Stiefelchen, erschien sie mir als eine begabte Schauspielerin, die eine bescheidene Kleinbürgerin spielte. Wir besahen uns unsere Wirtschaft und bestimmten, wie wir die Zimmer einteilen, wo nur Alleen, den Gemüsegarten und die Imkerei anlegen werden. Wir hatten schon eigene Hühner, Enten und Gänse, die wir liebten, weil sie uns gehörten. Wir hatten auch Hafer, Klee, Wiesengras, Buchweizen und Gemüsesamen für die Saat bereit und berechneten ausführlich, wie groß der Ertrag sein konnte, und alles, was Mascha mir sagte, erschien mir ungemein klug und schön. Es war die glücklichste Zeit meines Lebens.

Bald nach Ostern ließen wir uns in der Dorfkirche von Kurilowka, drei Werst von Duberschnja trauen. Mascha wollte alles möglichst einfach haben; auf ihren Wunsch hatten wir als Brautführer Bauernburschen genommen, bei der Trauung sang nur der Küster, und aus der Kirche fuhren wir in einem kleinen holprigen Landwagen, den sie selbst kutschierte. Aus der Stadt war nur meine Schwester Kleopatra gekommen, der Mascha drei Tage vor der Hochzeit eine Einladung geschickt hatte. Meine Schwester hatte ein weißes Kleid und Handschuhe an. Während der Trauung weinte sie leise vor Rührung und Freude, und ihr Gesichtsausdruck war mütterlich und unendlich gütig. Sie berauschte sich an unserem Glück und lächelte, wie wenn sie ein süßes Gift atmete. Als ich sie während der Trauung ansah, begriff ich, dass es für sie auf der Welt nichts Höheres gab als die Liebe, die irdische Liebe, und dass sie heimlich, scheu, doch unaufhörlich und leidenschaftlich von ihr träumte. Sie umarmte und küsste Mascha, sie wusste gar nicht, wie ihrem Entzücken Ausdruck zu geben, und sagte immer wieder von mir:

»Er ist gut! Er ist so gut!«

Vor ihrer Abfahrt zog sie sich um und führte mich in den Garten, um mit mir unter vier Augen zu sprechen.

»Der Vater ist sehr betrübt, dass du ihm nichts geschrieben hast«, sagte sie. »Du hättest ihn um seinen Segen bitten sollen. Aber im Grunde genommen ist er sehr zufrieden. Er sagt, dass diese Heirat dich in den Augen der ganzen Gesellschaft heben wird und dass du unter dem Einflusse Maria Viktorownas lernen wirft, das Leben ernsthafter zu betrachten. Abends sprechen wir jetzt oft von dir, und gestern sagte er sogar: ›Unser Missail ‹. Das freute mich sehr. Anscheinend hat er irgendetwas vor, und ich glaube, dass er dir ein Beispiel von Großmut geben und den ersten Schritt zur Versöhnung machen will. Es ist sehr möglich, dass er dieser Tage zu euch herauskommt.«

Sie bekreuzigte mich einige Male und sagte:

»Nun, Gott mit dir, sei glücklich. Anjuta Blagowo ist ein kluges Mädchen, und sie meinte anlässlich deiner Heirat, dass Gott dir eine neue Prüfung geschickt hat. Gewiss. Im Eheleben gibt es natürlich nicht nur Freuden, es gibt auch Leiden. Ohne Leiden geht es eben nicht.«

Mascha und ich begleiteten sie drei Werst zu Fuß; dann gingen wir langsam und schweigend, gleichsam ausruhend zurück. Mascha hielt mich bei der Hand, mir war es so leicht ums Herz, und ich hatte nicht mehr das Bedürfnis, von der Liebe zu sprechen; nach der Trauung fühlten wir uns noch enger aneinander gebunden und glaubten, dass nichts in der Welt uns trennen könnte.

»Deine Schwester ist ein sympathisches Mädchen«, sagte Mascha, »aber sie macht den Eindruck, als hätte man sie lange gequält. Dein Vater ist wohl ein schrecklicher Mensch.«

Ich begann ihr zu erzählen, wie man mich und meine Schwester erzogen hatte und wie qualvoll unsere Kindheit gewesen war. Als sie hörte, dass mein Vater mich vor nicht langer Zeit zu schlagen pflegte, fuhr sie zusammen und schmiegte sich an mich.

»Sprich nicht mehr davon«, sagte sie. »Es ist so entsetzlich.«

Jetzt verließ sie mich nicht mehr. Wir bewohnten im großen Hause drei Zimmer und sperrten jeden Abend die Türe, die zu dem leeren Teile des Hauses führte, fest ab, als ob dort jemand wohnte, den wir nicht kannten aber fürchteten. Ich stand jeden Morgen mit der Sonne auf und machte mich sofort an irgendeine Arbeit. Ich reparierte die Wagen, legte im Garten Wege und Beete an und strich das Dach auf dem Hause. Als die Zeit der Hafersaat kam, versuchte ich zu ackern, zu eggen, zu säen und machte alles gewissenhaft, ohne hinter dem Knecht zurückzubleiben; ich überanstrengte mich, vom Regen und vom schneidenden kalten Wind schmerzten mir Gesicht und Füße, und in der Nacht träumte ich vom geackerten Feld. Die Feldarbeit aber reizte mich wenig. Ich verstand nichts von der Landwirtschaft und liebte sie nicht; vielleicht aus dem Grunde, weil meine Ahnen keine Ackerbauer gewesen waren und in meinen Adern reines Städterblut floss. Für die Natur hatte ich eine zärtliche Liebe, ich liebte die Felder, die Wiesen und die Gärten, aber der Bauer, der mit dem Pfluge die Erde umwendet, sein unglückliches Pferd antreibt, der zerlumpte, schweißtriefende Bauer mit dem gereckten Hals war für mich immer der Ausdruck einer rohen, wilden, hässlichen Kraft, und wenn ich seinen plumpen Bewegungen zusah, musste ich jedes Mal an die längst vergangenen, legendären Zeiten denken, als die Menschen noch nicht den Gebrauch des Feuers kannten. Der mürrische Stier, der mit der Herde mitging, die Pferde, die, mit den Hufen schlagend, durch das Dorf rannten, machten mir Angst, und alles, was irgendwie groß, stark und böse war, der Schafbock mit seinen Hörnern, der Gänserich oder der Kettenhund erschienen mir als der Ausdruck der gleichen rohen, wilden Kraft. Dieses Vorurteil war in mir bei schlechtem Wetter ganz besonders stark, wenn über dem schwarzen Acker schwere Wolken hingen. Wenn ich aber pflügte oder säte, und zwei oder drei Menschen dabeistanden und zusahen, wie ich es machte, hatte ich nicht die Überzeugung, dass diese Arbeit unvermeidlich und obligatorisch sei, und sie erschien mir als ein Spiel. Darum zog ich es vor, irgendetwas im Hofe zu machen, und nichts gefiel mir so sehr, als das Dach anzustreichen.

Durch den Garten und den Heuschlag ging ich nach unserer Mühle. Ein Bauer aus Kurilowka, namens Stepan, hatte sie in Pacht. Es war ein hübscher sonnenverbrannter Kerl von athletischem Aussehen mit dichtem schwarzem Bart. Die Müllerarbeit liebte er nicht und hielt sie für langweilig und wenig einträglich; auf der Mühle wohnte er aber, nur um nicht zu Hause zu wohnen. Er war Sattler und roch stets angenehm nach Pech und Leder. Er unterhielt sich nicht gern, war träge und unbeweglich und sang immerzu, am Ufer oder an der Schwelle sitzend. Manchmal kamen seine Frau und seine Schwiegermutter aus Kurilowka zu ihm herüber; beide hatten weiße Gesichter und waren sanft und zärtlich; sie verbeugten sich vor ihm und titulierten ihn mit »Sie« und »Stepan Petrowitsch«. Er aber erwiderte ihre Verbeugung weder mit einem Wort noch mit einer Bewegung, sondern setzte sich abseits ans Ufer und sang weiter. Eine ganze Stunde, oder auch zwei Stunden vergingen im Schweigen. Die Schwiegermutter und die Frau tuschelten erst leise miteinander, standen auf, blickten ihn einige Zeit an, und warteten, ob er sich nicht umsehen würde; dann verneigten sie sich tief und sagten mit süßen singenden Stimmen:

»Leben Sie wohl, Stepan Petrowitsch!«

Und sie gingen heim. Wenn sie fort waren, hob Stepan das Bündel mit den Brezeln über dem Hemd, das sie zurückgelassen hatten, auf und sagte, mit den Augen in die Richtung weisend, in der sie gegangen waren:

»Ja, die Frauenzimmer!«

Die Mühle hatte zwei Gänge und arbeitete Tag und Nacht. Ich half Stepan bei seiner Arbeit, die mir gut gefiel, und wenn er mal fortging, blieb ich gerne an seiner statt auf der Mühle.

11

Nach dem warmen, heiteren Wetter kam eine trübe, nasskalte Zeit, und die Wege wurden unpassierbar; den ganzen Mai hindurch war es kalt und regnete. Das Klappern der Mühle und das Rauschen des Regens stimmten zum Nichtstun und Schlafen. Der Fußboden zitterte, es roch nach Mehl und auch das schläferte ein. Meine Frau kam in einem kurzen Schafspelz, in hohen Männergaloschen zweimal am Tage auf die Mühle und sagte immer dasselbe:

»Und das nennt sich Sommer! Das ist ja schlimmer als im Oktober!«

Wir tranken zusammen Tee, kochten Brei, oder saßen stundenlang schweigend da und warteten, ob der Regen nicht aufhören würde. Einmal, als Stepan auf einen Jahrmarkt gegangen war, blieb Mascha die Nacht über auf der Mühle. Als wir aufstanden, konnten wir unmöglich feststellen, wie spät es war, denn die Regenwolken verdunkelten den ganzen Himmel; wir hörten nur die schläfrigen Hähne in Dubetschnja krähen und die Wachteln auf der Wiese schnarren; es war noch sehr früh ... Wir gingen zum Teich und zogen das Netz heraus, das Stepan am Abend in unserem Beisein aufgestellt hatte. Darin zappelten ein großer Barsch und ein Krebs.

»Lass sie heraus«, sagte Mascha. »Sollen sie auch glücklich sein.«

Weil wir sehr früh aufgestanden waren und nachher nichts getan hatten, kam mir dieser Tag sehr lang vor, wohl als der längste meines Lebens. Gegen Abend kehrte Stepan zurück, und ich ging nach Hause.

»Heute war dein Vater hier«, sagte mir Mascha.

»Wo ist er denn?«, fragte ich.

»Er ist wieder fort, ich habe ihn nicht empfangen.«

Da sie sah, dass ich schweigend stehen blieb und dass mir mein Vater leidtat, sagte sie:

»Man muss konsequent sein. Ich habe ihn nicht empfangen und ihm sagen lassen, dass er sich nicht mehr herbemühen möchte.«

Nach einer Minute war ich schon draußen auf dem Wege zur Stadt, um mich mit meinem Vater auszusprechen. Es war schmutzig, nass und kalt. Zum ersten Mal nach meiner Hochzeit war mir traurig zumute, und durch mein Gehirn, das von diesem langen, grauen Tage ermüdet war, ging der Gedanke, dass ich vielleicht nicht so lebe, wie ich sollte. Ich wurde müde, allmählich bemächtigten sich meiner Kleinmütigkeit und Faulheit, und ich wollte mich nicht mehr bewegen, wollte nicht denken. Ich gab meine Absicht auf und kehrte um.

Mitten auf dem Hofe stand der Ingenieur in einem Ledermantel mit Kapuze und sprach sehr laut:

»Wo sind die Möbel? Es waren wunderbare Möbel im Empirestil, es waren Bilder, Vasen, und jetzt ist alles leer! Ich habe doch das Gut mit den Möbeln gekauft, dass sie der Teufel!«

Neben ihm stand, die Mütze in der Hand, Moissej, der Arbeiter der Generalin, ein etwa fünfundzwanzigjähriger Bursche, mager und pockennarbig, mit kleinen frechen Augen. Eine seiner Wangen war kleiner als die andere, als ob er sie sich im Schlafe eingedrückt hätte.

»Euer Hochwohlgeboren haben das Gut ohne die Möbel zu kaufen geruht«, sagte er kleinlaut. »Ich erinnere mich.«

»Halt's Maul!«, schrie ihn der Ingenieur an. Er wurde blaurot und zitterte, und das Echo im Garten wiederholte sein Geschrei.

12

Wenn ich im Garten oder im Hofe etwas machte, stand dieser Moissej immer, die Hände im Rücken, dabei und starrte mich mit seinen frechen, kleinen Augen an. Das ärgerte mich dermaßen, dass ich dann die Arbeit aufgab und fortging.

Von Stepan hatten wir erfahren, dass Moissej der Geliebte der Generalin war. Ich merkte, dass die Leute, die zu ihr in Geldsachen kamen, sich immer zuerst an Moissej wandten, und einmal sah ich, wie ein schwarzer Bauer, wohl ein Köhler, sich vor ihm bis zur Erde verneigte; zuweilen tuschelte er mit den Leuten und gab das Geld aus eigener Tasche, ohne es erst der Gnädigen zu melden, woraus ich schloss, dass er bei Gelegenheit auch auf eigene Rechnung operierte.

Er schoss in unserm Garten mit dem Gewehr, stahl aus unserm Keller Lebensmittel und benutzte oft, ohne uns zu fragen, unsere Pferde. Wir empörten uns darüber und glaubten nicht mehr, dass Dubetschnja wirklich unser Eigentum sei. Mascha wurde oft ganz blass und sagte:

»Werden wir denn mit diesen Ungeheuern noch ganze anderthalb Jahre leben müssen?«

Der Sohn der Generalin, Iwan Tscheprakow, war als Schaffner an unserer Eisenbahn angestellt. Während des Winters war er sehr mager und schwach geworden, sodass er schon von einem einzigen Glas Schnaps betrunken wurde und es ihn im Schatten fror. Die Schaffneruniform trug er mit Widerwillen und schämte sich ihrer, aber seine Stellung hielt er für recht einträglich, da er die Möglichkeit hatte, Kerzen zu stehlen und zu verkaufen. Meine neue Lage erregte in ihm ein gemischtes Gefühl von Erstaunen, Neid und einer vagen Hoffnung, dass es auch ihm ähnlich gehen könnte. Er blickte Mascha mit entzückten Augen nach, und erkundigte sich bei mir, was ich jetzt zu Mittag esse; sein mageres, unschönes Gesicht nahm dabei einen traurigen und süßlichen Ausdruck an, und er bewegte die Finger, als betastete er mein Glück.

»Hör' einmal, kleiner Nutzen«, sagte er mir unruhig, seine Zigarette jeden Augenblick von Neuem anzündend; wo er stand, war der Boden immer mit abgebrannten Zündhölzern besät, von denen er für jede Zigarette Dutzende verbrauchte. »Hör' einmal, ich lebe jetzt ein gemeines Leben. Jeder Fähnrich kann mich anschreien: ›Du, Schaffner!‹ Ich habe auf der Fahrt alle möglichen Dinge gehört und weiß es jetzt: Das Leben ist gemein! Meine Mutter hat mich zugrunde gerichtet. Ein Arzt hat mir einmal unterwegs gesagt: Wenn die Eltern ausschweifend sind, so werden die Kinder Säufer oder Verbrecher. Ja, so ist es!«

Einmal kam er schwankend auf den Hof. Seine Augen blickten blöde, sein Atem ging schwer; er lachte, weinte und sprach wie im Fieber, und von seiner wirren Rede verstand ich nur die Worte: »Meine Mutter! Wo ist meine Mutter?« Er weinte dabei wie ein kleines Kind, das im Gedränge seine Mutter verloren hat. Ich führte ihn in unseren Garten, ließ ihn sich dort unter einem Baum niederlegen, und Mascha und ich saßen dann den ganzen Tag und die ganze Nacht abwechselnd bei ihm. Es war ihm sehr unwohl, und Mascha blickte ihm angeekelt ins blasse, feuchte Gesicht und sagte:

»Werden denn diese Ungeheuer auf unserem Hofe noch ganze anderthalb Jahre wohnen? Das ist ja entsetzlich, entsetzlich!«

Wie viel Kummer bereiteten uns aber die Bauern! Wie viel schwere Enttäuschungen erlebten wir schon in den ersten Frühlingsmonaten, wo wir so glücklich sein wollten! Meine Frau baute eine Schule. Ich entwarf den Plan zu einer Schule für sechzig Knaben, und das Landamt bestätigte ihn, empfahl aber, die Schule im Kirchdorf Kurilowka zu bauen, das nur drei Werst von uns entfernt lag; die dortige Schule, in der die Kinder aus vier Dörfern, darunter auch aus unserem Dubetschnja, unterrichtet wurden, war zudem alt und eng, und der durchfaulte Fußboden war einfach lebensgefährlich. Ende März wurde Mascha auf ihren Wunsch zur Protektorin der Schule von Kurilowka ernannt, und Anfang April versammelten wir die Bauern dreimal zu einer Beratung und suchten sie zu überzeugen, dass die alte Schule eng und alt sei und dass man eine neue bauen müsse. Auch ein Vertreter des Landamtes und der Kreisschulinspektor kamen gefahren und wollten sie auch davon überzeugen. Die Bauern umringten uns nach jeder Versammlung und bettelten um einen Eimer Schnaps. Es war uns heiß im Gedränge, wir ermüdeten schnell und kehrten unzufrieden und verwirrt nach Hause zurück. Endlich gaben die Bauern den Platz für die Schule her und verpflichteten sich, das Baumaterial aus der Stadt mit ihren Pferden herbeizuschaffen. Sobald sie mit der Sommersaat fertig waren, gingen am ersten Sonntag aus Kurilowka und Dubetschnja Fuhren in die Stadt, um Ziegelsteine für das Fundament zu bringen. Sie fuhren beim ersten Morgengrauen fort und kamen spät abends zurück; die Bauern waren alle betrunken und sagten, sie hätten sich müde gehetzt.

Wie zum Trotz hielten die Regengüsse und die Kälte den ganzen Mai an. Die Wege wurden nicht fahrbar. Die aus der Stadt zurückkommenden Fuhren kehrten meistens auf unserem Hofe ein, und das war entsetzlich! Im Tore zeigt sich ein dickbäuchiges Pferd mit gespreizten Vorderbeinen; bevor es in den Hof einfährt, verbeugt es sich; dann kommt ein nasser, glitschiger Balken von zwölf Ellen Länge herein; neben ihm schreitet, ohne auf die Pfützen zu achten, ein Bauer, den Mantelschoss in den Gürtel gesteckt. Dann zeigt sich eine zweite Fuhre mit Brettern, dann eine dritte wieder mit Balken, eine vierte ... und der Platz vor unserem Hause füllt sich allmählich mit Pferden, Balken und Brettern. Die Bauern und ihre Weiber mit umwickelten Köpfen und aufgesteckten Röcken schauen mit Hass auf unsere Fenster, lärmen, schreien und verlangen, dass die Gnädige zu ihnen herauskomme; auch grobe Schimpfworte fallen ab und zu. Abseits steht aber Moissej und scheint sich an unserer Schande zu ergötzen.

»Wir werden nicht mehr fahren!«, schreien die Bauern: »Wir haben uns zu Tode gequält! Sie soll doch einmal selbst fahren!«

Mascha ist ganz blass und bestürzt, und da sie glaubt, sie würden jeden Augenblick das Haus überfallen, schickt sie ihnen Geld für einen halben Eimer hinaus; es wird still, und die langen Balken verschwinden einer nach dem anderen wieder.

Als ich zum Bau wollte, wurde meine Frau unruhig und sagte: »Die Bauern sind erbost. Dass sie dir nur nichts tun. Nein, wart, ich komme mit.«

Wir fuhren zusammen nach Kurilowka, und die Zimmerleute bettelten um Trinkgeld. Das Balkengehäuse war schon fertig, es war Zeit, das Fundament zu legen, aber die Maurer kamen nicht, die Arbeit stockte, und die Zimmerleute schimpften. Und als endlich die Maurer kamen, zeigte es sich, dass kein Sand da war: Man hatte ganz vergessen, dass zum Bau auch Sand gehört. Die Bauern machten sich die schwierige Lage zunutze und verlangten dreißig Kopeken für die Fuhre, obwohl vom Bau bis zum Fluss, von wo sie Sand holten, kein viertel Werst war und mehr als fünfhundert Fuhren gebraucht wurden. Alle die Missverständnisse, Streitigkeiten und Betteleien wollten kein Ende nehmen, meine Frau empört sich, und der Maurermeister Tit Petrow, ein siebzigjähriger Greis, nahm sie bei der Hand und sagte:

»Schau nur her! Schau nur her! Bring du mir nur Sand, dann stelle ich gleich zehn Arbeiter hin, und in zwei Tagen ist alles fertig! Schau nur her!«

Endlich brachte man den Sand, es vergingen zwei und vier und acht Tage, aber anstelle des Fundaments gähnte noch immer ein Loch.

»So kann man wirklich verrückt werden!«, regte sich meine Frau auf. »Was ist das für ein Volk! Was ist das für ein Volk!«

Während aller dieser Misshelligkeiten kam zu uns manchmal der Ingenieur Viktor Iwanowitsch heraus. Er brachte immer Körbe mit Weinen und Delikatessen mit, aß lange und ausführlich, legte sich dann auf der Terrasse schlafen und schnarchte so, dass die Arbeiter den Kopf schüttelten und sagten:

»Der kann's!«

Mascha war über seine Besuche wenig erfreut, sie traute ihm nicht, beriet sich aber doch mit ihm; und wenn er nach seinem Mittagsschläfchen in schlechter Stimmung aufwachte und sich abfällig über unsere Wirtschaft äußerte oder bedauerte, Dubetschnja, das ihm schon so viel Geld gekostet hatte, gekauft zu haben, verlor Mascha jeden Mut, und ihr Gesicht drückte Verzweiflung aus; sie klagte ihm, er aber gähnte und sagte, dass man die Bauern prügeln müsse.

Unsere Heirat und unser Leben nannte er eine Komödie und sagte, dass das Ganze nur eine Laune, eine Spielerei sei.

»Sie hat schon einmal etwas Ähnliches gehabt«, erzählte er mir von Mascha. »Einmal bildete sie sich ein, Opernsängerin zu sein und brannte mir durch; zwei Monate habe ich sie suchen müssen, die Telegramme allein haben mich tausend Rubel gekostet.«

Jetzt nannte er mich weder Sektierer noch Herr Maler und lobte auch nicht mehr mein Arbeitsleben, sondern sagte:

»Sie sind ein merkwürdiger Mensch! Sie sind sicher nicht normal! Ich will kein Prophet sein, aber Sie werden schlecht enden!«

Mascha aber schlief nachts schlecht und saß immer in Gedanken versunken am Fenster unseres Schlafzimmers. Beim Abendessen gab es weder die lieben Grimassen mehr noch das Lachen. Ich litt entsetzlich, und wenn es regnete, drang mir jeder Tropfen wie Schrot ins Herz, und ich war bereit, vor Mascha in die Knie zu fallen und mich wegen des Wetters zu entschuldigen. Auch wenn im Hofe die Bauern lärmten, fühlte ich mich schuldig. Stundenlang saß ich am gleichen Fleck und dachte nur daran, was für ein herrliches Geschöpf Mascha sei. Ich liebte sie leidenschaftlich, und mich entzückte alles, was sie tat und sagte. Sie liebte es, im Zimmer zu hocken, viel zu lesen und zu studieren; sie, die die Wirtschaft nur aus den Büchern kannte, setzte uns durch ihre Kenntnisse in Erstaunen, und alle Ratschläge, die sie gab, kamen zustatten, und keiner von ihnen war vergebens. Bei alledem hatte sie auch viel Edelsinn, Geschmack und Gutmütigkeit, jene Gutmütigkeit, die nur sehr gut erzogenen Menschen eigen ist.

Für diese Frau mit einem so gesunden und positiven Verstand war die ganze unordentliche Umgebung mit den kleinlichen Sorgen und Zänkereien, in denen wir lebten, eine

Qual; ich sah es und konnte auch selbst nachts nicht schlafen. Mein Kopf arbeitete unausgesetzt, und Tränen würgten mich. Ich war ganz ratlos und wusste nicht, was zu tun.

Ich ritt zur Stadt und brachte Mascha Bücher, Zeitungen, Süßigkeiten und Blumen mit; oder ich fing mit Stepan zusammen Fische und stand oft stundenlang im Regen bis zum Halse im kalten Wasser, nur um einen Aal zu fangen und so Abwechslung in unser Menü zu bringen; ich flehte die Bauern demütig an, keinen Lärm zu machen, gab ihnen Schnaps, gab ihnen Geld und versprach ihnen alles Mögliche. Und wie viel Dummheiten machte ich noch!

Die Regengüsse hörten endlich auf, und die Erde trocknete; wenn wir so gegen vier Uhr morgens aufstanden und in den Garten gingen, glänzte in den Blumen der Tau, die Vögel zwitscherten, die Insekten summten, und der Himmel war wolkenlos; der Garten, die Wiese, der Fluss, alles war herrlich, aber die Gedanken an die Bauern, die Fuhren, den Ingenieur vergällten uns alles! Manchmal fuhren wir beide in einem kleinen Rennwagen ins Feld, um uns den Hafer anzusehen. Sie kutschierte, und ich saß hinter ihr. Sie hob die Schultern, und der Wind spielte mit ihren Haaren.

»Rechts halten!«, schrie sie den uns Begegnenden zu.

»Du siehst wirklich wie ein Kutscher aus«, sagte ich ihr einmal.

»Es ist wohl möglich! Mein Großvater, der Vater des Ingenieurs, war ja Kutscher. Hast du es noch nicht gewusst?«, fragte sie, sich nach mir umwendend, und ahmte gleich darauf nach, wie die Kutscher zu schreien und zu singen pflegen.

– Gott sei Dank! – sagte ich mir, als ich es hörte; – Gott sei Dank! –

Und dann kam wieder die Erinnerung an die Bauern, an die Fuhren, an den Ingenieur ...

13

Einmal kam Doktor Blagowo mit dem Rade herausgefahren. Auch meine Schwester besuchte uns jetzt oft. Wieder kamen die Gespräche von der körperlichen Arbeit, vom Fortschritt und vom geheimnisvollen X, das die Menschheit in der entfernten Zukunft erwartet. Der Doktor liebte unsere Wirtschaft nicht, weil sie uns von den Debatten ablenkte, und sagte, dass das Pflügen, Mähen und Kälberhüten eines freien Menschen unwürdig sei, dass die Menschen dereinst alle die groben Formen des Kampfes ums Dasein den Tieren und den Maschinen aufbürden werden, um sich selbst ausschließlich der wissenschaftlichen Forschung zu widmen. Meine Schwester aber bat jedes Mal, sie früher nach Hause zurückkehren zu lassen, und wenn sie bis zum späten Abend oder zur Nacht blieb, hörte die Aufregung gar nicht auf.

»Mein Gott, was sind Sie noch für ein Kind!«, sagte ihr Mascha vorwurfsvoll. »Es ist ja einfach lächerlich.«

»Ja, es ist lächerlich«, gab meine Schwester zu. »Ich weiß, dass es lächerlich ist; aber was soll ich tun, wenn ich nicht die Kraft habe, gegen mich selbst anzukämpfen? Es scheint mir immer, dass ich Unrecht tue.«

Zur Zeit der Heuernte tat mir, da ich diese Arbeit nicht gewöhnt war, der ganze Körper weh; wenn ich dann abends auf der Terrasse mit den Meinigen saß, schlief ich oft mitten in der Unterhaltung ein, und alle lachten mich laut aus. Man weckte mich, und ich musste mich an den Tisch zum Abendessen zu setzen; ich schlief halb, ich sah wie in einer Ohnmacht die Lichter, Gesichter und Teller, ich hörte die Stimmen und verstand sie nicht. Und wenn ich am nächsten Morgen erwachte, griff ich gleich nach der Sense oder ging auf den Bau und arbeitete den ganzen Tag.

Wenn ich an den Feiertagen zu Hause blieb, merkte ich, dass meine Frau und meine Schwester vor mir etwas verheimlichten und meine Gesellschaft mieden. Meine Frau war zwar noch immer zärtlich zu mir, aber sie hatte ihre eigenen Gedanken, die sie mir nicht mitteilte. Es war mir klar, dass ihre Erregung gegen die Bauern wuchs und dass dieses Leben ihr immer schwerer wurde, aber sie klagte nicht mehr. Mit dem Doktor unterhielt sie sich jetzt lieber als mit mir, und ich konnte es mir gar nicht erklären.

In unserem Gouvernement ist es Sitte, dass in der Zeit der Heuernte und des Einbringens des Getreides die Arbeiter jeden Abend in den Herrenhof kommen, wo man sie mit Schnaps bewirtet; selbst die jungen Mädchen trinken mit. Wir beobachteten diese Sitte nicht; die Arbeiter und ihre Weiber standen bei uns im Hofe bis zum späten Abend und warteten auf den Schnaps; dann gingen sie schimpfend weg. Mascha machte eine finstere Miene und schwieg, oder sie sagte zum Doktor leise und gereizt:

»Diese Wilden! Diese Petschenjegen!«

Auf dem Lande pflegt man die Neulinge unfreundlich, beinahe feindselig zu behandeln, wie in der Schule. So behandelte man auch uns. In der ersten Zeit sah man uns als dumme Menschen an, die das Gut nur deshalb gekauft haben, weil sie nicht wissen, was mit ihrem Gelde anzufangen. Alle lachten uns aus. In unserem Walde, sogar in unserem Garten ließen die Bauern ihr Vieh weiden; sie trieben unsere Kühe und Pferde zu sich ins Dorf und verlangten nachher Bezahlung für die Flurschäden. Sie kamen in großen Haufen zu uns auf den Hof und behaupteten mit viel Geschrei, dass wir beim Mähen ein fremdes Stück mitgenommen hätten; da wir die Grenzen unseres Besitzes nicht genau kannten, glaubten wir ihnen alles und zahlten; später stellte es sich natürlich heraus, dass wir richtig gemäht hatten. In unserem Walde schälte man von den jungen Linden die Rinde zu Bast ab. Ein reicher Bauer von Dubetschnja, der auch Schnaps ohne Konzession verkaufte, bestach unsere Arbeiter und begaunerte uns mit ihrer Hilfe auf die niederträchtigste Weise: Er vertauschte die neuen Räder an unserem Wagen mit alten, stahl uns unsere Ackerkummete und verkaufte sie dann uns wieder. Am meisten kränkte uns aber das, was in Kurilowka am Bau vorging; die Weiber stahlen dort nachts Bretter, Ziegelsteine, Kacheln und Eisen; der Gemeindevorsteher machte bei ihnen Haussuchungen, die Bauernversammlung diktierte jeder Diebin eine Strafe von zwei Rubeln zu, und dieses Geld wurde von der ganzen Gemeinde vertrunken.

Wenn Mascha so etwas hörte, sagte sie empört zum Doktor oder zu meiner Schwester:

»Dieses Vieh! Es ist entsetzlich!«

Und ich hörte sie mehr als einmal bedauern, dass sie den ganzen Schulbau unternommen hatte.

»Begreifen Sie doch«, suchte sie der Doktor zu überzeugen, »begreifen Sie doch, dass, wenn Sie diese Schule bauen oder überhaupt Gutes tun, Sie es nicht für die Bauern, sondern im Namen der Kultur, im Namen der Zukunft tun. Und je schlechter diese Bauern sind, desto mehr Grund haben Sie, die Schule zu bauen. Begreifen Sie es doch!«

Seine Stimme klang aber nicht sehr überzeugt, und es schien, dass er die Bauern ebenso hasste wie Mascha.

Mascha ging oft zur Mühle und nahm meine Schwester mit; sie erklärten beide lachend, dass sie den Stepan sehen wollten, der ein so hübscher Kerl sei. Stepan war, wie es sich zeigte, nur in Männergesellschaft so träge und wortkarg; in weiblicher Gesellschaft hielt er sich aber ungezwungen und redete ununterbrochen. Als ich einmal am Flusse baden ging, belauschte ich zufällig ein Gespräch. Mascha und Kleopatra saßen in weißen Kleidern am Ufer im Schatten einer Weide, und Stepan stand, die Hände im Rücken, daneben und redete:

»Sind die Bauern denn Menschen? Sie sind keine Menschen, sondern, mit Verlaub, Tiere und Scharlatans. Wie lebt so ein Bauer? Er versteht nur zu essen und zu trinken, und das möglichst billig, und im Wirtshause zu schreien; man bekommt von ihm weder gute Reden zu hören, noch ein anständiges Benehmen zu sehen. Ein ungehobelter Flegel ist er! Er selbst lebt in Schmutz, auch seine Frau und die Kinder leben in Schmutz; worin er geht, darin schläft er; die Kartoffeln holt er aus der Kohlsuppe mit den Fingern heraus, trinkt seinen Kwass mit den Küchenschaben und bläst sie nicht einmal weg!«

»Die Leute sind aber so arm!«, trat meine Schwester für die Bauern ein.

»Ach wo, arm! Not leiden sie allerdings, aber es gibt Not und Not, meine Gnädige. Wenn ein Mensch im Zuchthause sitzt, oder blind ist, oder keine Beine hat, so kann er einem wirklich leidtun; wenn er aber frei ist und seinen Verstand, seine Augen und Hände, seine Kraft und auch seinen Gott hat, was fehlt ihm dann noch? Es ist Verdorbenheit, meine Gnädige, Rohheit, aber keine Armut. Wenn zum Beispiel Sie, gute und gebildete Herrschaften ihm aus purer Herzensgüte helfen wollen, so wird er in seiner Gemeinheit Ihr Geld vertrinken, oder, noch schlimmer als das, er wird mit Ihrem Gelde eine Branntweinschenke auftun und das Volk ausbeuten. Sie sprechen von Armut. Lebt aber der reiche Bauer besser? Auch er lebt, mit Verlaub, wie ein Schwein. Er ist ein Grobian, ein Flegel, ist aber so dick wie lang, hat eine gedunsene, rote Fratze, und wenn ich so einen sehe, möchte ich ihm gleich eine herunterhauen. Nehmen wir z. B. den Larion von Dubetschnja: der ist auch ein reicher Bauer, und doch stiehlt er in Ihrem Walde die Lindenrinden genau so wie der Ärmste; er selbst flucht unflätig, auch seine Kinder fluchen, und wenn er zu viel getrunken hat, fällt er mit der Nase in die Pfütze und schläft. Alle die Leute sind nichts wert, meine Gnädige. Das Leben im Dorfe ist eine Hölle. Das Dorf wächst mir, Gott sei Dank, zum Halse hinaus. Ich bin satt und versorgt, habe als Dragoner meine Zeit abgedient, war drei Jahre lang Dorfvorsteher gewesen und bin jetzt ein freier Mensch: wo ich will, dort wohne ich. Im Dorfe will ich nicht leben, und niemand kann mich dazu zwingen. Man sagt mir, ich sei verpflichtet, mit meiner Frau zusammenzuleben. Warum denn? Habe ich mich ihr denn verdungen?«

»Sagen Sie, Stepan, haben Sie aus Liebe geheiratet?«, fragte Mascha.

»Was gibt's denn bei uns im Dorfe für eine Liebe?«, antwortete Stepan lächelnd. »Eigentlich bin ich schon zum zweiten Mal verheiratet, wenn Sie es wissen wollen, meine Gnädige. Ich selbst bin nicht aus Kurilowka, sondern aus Salegoschtsch, habe bloß nach Kurilowka geheiratet. Unser Vater wollte nicht seinen Besitz unter uns fünf Brüdern aufteilen; ich verabschiedete mich von ihm und heiratete in ein fremdes Dorf. Meine erste Frau starb aber in jungen Jahren.«

»Woran?«

»An der Dummheit. Sie weinte immer ohne Grund, kränkelte und starb. Sie trank allerlei Kräuter, um schöner zu werden, und hat sich dabei wohl die Eingeweide verdorben. Und meine zweite Frau, die aus Kurilowka, was ist an ihr? Ein Dorfweib, eine Bäuerin und sonst nichts. Als ich um sie warb, gefiel mir die Sache nicht schlecht; ich dachte mir: sie ist jung, hat ein weißes Gesicht, und die Leute leben sauber. Ihre Mutter sieht wie eine Sektiererin aus und trinkt Kaffee, aber die Hauptsache ist, dass die Leute sauber leben. Also heiratete ich sie. Wie wir uns am anderen Tag nach der Hochzeit zu Tisch setzen, sage ich der Schwiegermutter, sie solle einen Löffel geben. Sie bringt den Löffel, und ich sehe, wie sie ihn mit dem Finger abwischt. Das ist eine schöne Reinlichkeit, denke ich mir. Ein Jahr blieb ich bei ihnen wohnen, dann ging ich fort. – Vielleicht hätte ich eine Städtische heiraten sollen«, sagte er nach einer Pause. »Man sagt, die Frau sei für den Mann eine Gehilfin. Was brauche ich eine Gehilfin, ich kann mir auch selbst helfen, ich verlange von der Frau nur, dass sie mit mir spricht, aber nicht irgendwie, sondern vernünftig und mit Gefühl. Ohne gute Reden ist das Leben gar kein Leben!«

Stepan verstummte plötzlich, und gleich darauf hörte ich sein eintöniges Singen. Das bedeutete, dass er mich gesehen hatte.

Mascha kam oft auf die Mühle und fand in den Gesprächen mit Stepan ihr Vergnügen; Stepan schimpfte so aufrichtig und überzeugt auf die Bauern, und darum zog es sie wohl zu ihm hin. Wenn sie von der Mühle heimkehrte, rief ihr der blöde Bauer, der den Garten hütete, nach:

»Mädel Palaschka! Guten Tag, Mädel Palaschka!«, Und er bellte sie wie ein Hund an: »Wau! Wau!«

Sie aber blieb stehen und sah ihn aufmerksam an, als hörte sie im Gebell dieses Blöden Antworten auf ihre Gedanken; er zog sie wohl ebenso an, wie Stepan mit seinem Schimpfen. Zu Hause erwartete sie aber schon irgendeine Neuigkeit: Zum Beispiel dass die Dorfgänse das Kraut in unserem Garten zerstampft hatten, oder dass Larion die Pferdeleine gestohlen hatte, und sie sagte lächelnd, die Achseln zuckend:

»Was kann man auch von diesen Leuten verlangen?«

Sie empörte sich, in ihrem Innern kochte es; ich aber gewöhnte mich an die Bauern und fühlte mich immer mehr zu ihnen hingezogen. In der Mehrzahl waren es nervöse, überreizte, gekränkte, ungebildete Menschen mit dürftigem, trübem Horizont, mit den ewig gleichen Gedanken an die graue Erde, an die grauen Tage, an das Schwarzbrot; Menschen, die wohl schwindelten, aber so einfältig wie die Vögel, wenn sie den Kopf hinter einem Baumstamm verstecken, und die nicht zu rechnen verstanden. Sie weigerten sich, für zwanzig Rubel bei unserer Heuernte mitzuhelfen, taten es aber für einen halben Eimer Schnaps, obwohl sie für zwanzig Rubel vier Eimer hätten kaufen können. Es gab bei ihnen allerdings viel Schmutz, Trunksucht, Dummheit und Betrug, und doch fühlte man, dass das Bauernleben im Allgemeinen ein gesundes, kräftiges Rückgrat hat. Wenn der Bauer hinter seinem Pfluge auch als ein plumpes Tier erscheint, und wenn er sich auch immer betrinkt, kann man in ihm doch bei näherem Zusehen etwas finden, was zum Beispiel Mascha und dem Doktor abging: Nämlich den Glauben, dass das Wichtigste auf Erden die Wahrheit sei und dass seine Rettung und die Rettung des ganzen Volkes nur in der Wahrheit liege; darum schätzt er auch die Gerechtigkeit über alles in der Welt. Ich sagte meiner Frau, sie sähe nur die Flecke auf dem Glase, sähe aber das Glas selbst nicht; sie entgegnete nichts oder fing an wie Stepan eine traurige Weise zu summen. Wenn diese gute und kluge Frau vor Empörung bleich wurde und mit bebender Stimme dem Doktor von der Trunksucht und den Betrügereien der Bauern erzählte, musste ich über ihre Vergesslichkeit staunen. Wie konnte sie es vergessen, dass auch ihr Vater, der Ingenieur viel trank und dass das Geld, mit dem er Dubetschnja gekauft hatte, durch eine Reihe frecher und gewissenloser Betrügereien erworben worden war? Wie konnte sie das vergessen?

14

Auch meine Schwester lebte ihr eigenes Leben, das sie sorgfältig vor mir verheimlichte. Oft tuschelte sie mit Mascha. Wenn ich auf sie zuging, schrumpfte sie gleichsam ein und blickte mich wie schuldbewusst und flehend an; offenbar ging in ihrer Seele etwas vor, das sie fürchtete oder dessen sie sich schämte. Um mir nicht im Garten zu begegnen oder sonst wie mit mir unter vier Augen zu bleiben, hielt sie sich immer in Maschas Nähe auf, und ich hatte nur selten, höchstens beim Mittagessen Gelegenheit, mit ihr zu sprechen.

Eines Abends kehrte ich vom Bau durch den Garten heim. Es dunkelte. Ohne mich zu bemerken und ohne meine Schritte zu hören, bewegte sich meine Schwester geräuschlos wie ein Gespenst vor einem alten, weitverzweigten Apfelbaume. Sie war ganz schwarz gekleidet und ging sehr schnell, zu Boden blickend, immer in der gleichen Linie auf und ab. Ein Apfel fiel vom Baum, sie fuhr zusammen, blieb stehen und drückte die Hände an die Schläfen. In diesem Augenblick ging ich auf sie zu.

In einer Anwandlung zärtlicher Liebe, die plötzlich mein Herz überströmte, nahm ich sie bei den Schultern und küsste sie mit Tränen in den Augen; ich musste dabei an unsere Mutter und unsere Kindheit denken.

»Was hast du?«, fragte ich sie. »Du leidest, ich sehe es längst. Sag', was ist mit dir?«

»Ich fürchte so ...«, sagte, sie zitternd.

»Was ist denn mit dir?«, drang ich in sie ein. »Um Gottes willen, sei doch aufrichtig!«

»Ja, ich will, ich werde aufrichtig sein, ich werde dir die ganze Wahrheit sagen. Es ist mir so schwer, sie vor dir zu verheimlichen! Missail, ich liebe ...«, fuhr sie flüsternd fort. »Ich liebe, ich liebe ... Ich bin glücklich, und doch fürchte ich mich so!«

Schritte wurden laut, und zwischen den Bäumen zeigte sich Doktor Blagowo in seidenem Hemd und hohen Stiefeln. Hier unter diesem Apfelbaum hatten sie offenbar ein Stelldichein. Als sie ihn erblickte, stürzte sie ihm entgegen und schrie gequält, als wollte ihn ihr jemand wegnehmen:

»Wladimir! Wladimir!«

Sie schmiegte sich an ihn und sah ihm lechzend ins Gesicht, und ich merkte erst jetzt, wie mager und bleich sie in der letzten Zeit geworden war. Besonders deutlich war das an ihrem Spitzenkragen zu sehen, den ich seit vielen Jahren kannte und der jetzt freier als je an ihrem feinen und langen Hals lag. Der Doktor wurde verlegen, besann sich aber bald und sagte, ihr die Haare streichelnd:

»Na, genug, genug ... Warum so nervös? Du siehst ja, ich bin hergekommen.«

Wir schwiegen und sahen einander etwas geniert an. Dann gingen wir zu dritt weiter, und der Doktor sagte mir:

»Das Kulturleben hat bei uns noch nicht begonnen. Die Alten trösten sich damit, dass es jetzt zwar nichts gäbe, aber in den vierziger und sechziger Jahren etwas gegeben habe; das sind die Alten; unsere Gehirne sind aber noch nicht vom marasmus senilis berührt, und wir können uns mit solchen Illusionen nicht trösten. Der Anfang des Russischen Reiches fällt auf das Jahr 862, aber die russische Kultur hat überhaupt noch nicht angefangen.«

Ich hörte ihm kaum zu. Es kam mir so seltsam, beinahe unglaublich vor, dass meine Schwester verliebt war, dass sie diesen fremden Mann bei der Hand hielt und so zärtlich ansah. Meine Schwester, dieses nervöse, eingeschüchterte, verängstigte, unfreie Geschöpf liebt einen Mann, der verheiratet ist und auch Kinder hat! Etwas tat mir weh, ich weiß aber nicht, was. Die Anwesenheit des Doktors war mir nun unangenehm, und ich konnte unmöglich begreifen, was aus dieser Liebe werden sollte.

15

Mascha und ich fuhren zur Einweihung der Schule nach Kurilowka.

»Herbst, Herbst, Herbst ...«, sagte Mascha leise, um sich blickend. »Der Sommer ist vorüber. Die Vögel sind fort, und nur noch die Weiden allein sind grün.«

Ja, der Sommer ist vorüber. Die Tage sind noch heiter und warm, aber des Morgens ist es recht frisch, die Hirten gehen in Schafpelzen auf die Weide, und auf den Astern in unserem Garten trocknet der Tau im Laufe des ganzen Tages nicht aus. Es sind immer so traurige Töne zu hören, und man kann nicht recht erkennen, ob es das Knarren eines Fensterladens m den rostigen Angeln ist, oder das Geschrei der Kranichzüge ... Dabei ist es aber einem so wohl ums Herz, und man spürt solche Luft zu leben!

»Der Sommer ist vorüber ...«, sagte Mascha. »Nun können wir das Fazit ziehen. Wir haben viel gearbeitet, haben viel gedacht, wir sind besser geworden, wir haben in der persönlichen Vervollkommnung Erfolge gemacht, – das muss alles anerkannt werden. Haben aber unsere Erfolge auch irgendeinen Einfluss auf das uns umgebende Leben gehabt, haben sie jemandem genützt? Nein! Die Rohheit und die Unbildung, der Schmutz, die Trunksucht, die entsetzlich hohe Kindersterblichkeit – alles ist beim Alten geblieben, und davon, dass du geackert und gesät hast und ich Geld ausgegeben und Bücher gelesen habe, wurde niemand besser. Offenbar haben wir nur für uns selbst gearbeitet und nur für uns selbst gedacht.«

Diese Betrachtungen machten mich wirr, und ich wusste nicht, was ich denken sollte.

»Wir waren vom Anfang bis zum Ende aufrichtig«, sagte ich, »und wer aufrichtig ist, der hat auch recht.«

»Wer bestreitet es? Wir waren wohl im Recht, wir haben aber das, worin wir recht hatten, falsch verwirklicht. Vor allen Dingen, waren denn nicht schon unsere äußeren Methoden durch und durch fehlerhaft? Du willst den Menschen nützlich sein, wenn du aber ein Gut kaufst, schneidest du dir von vornherein jede Möglichkeit ab, ihnen irgendwie zu nützen. Ferner: Wenn du wie ein Bauer arbeitest, dich kleidest und isst, so legitimierst du durch deine Autorität diese schwere, plumpe Kleidung, diese schrecklichen Häuser, diese dummen Bärte ... Nehmen wir sogar an, dass du lange, sehr lange, dein ganzes Leben lang arbeitest und schließlich auch einige praktische Resultate erzielst; was bedeuten aber deine Resultate gegen solche Elementarkräfte, wie Rohheit, Hunger, Kälte und Entartung? Einen Tropfen im Meere! Hier sind andere, kühnere, rasch wirkende, kräftige Kampfmittel vonnöten! Wenn du tatsächlich Nutzen bringen willst, so musst du den engen Kreis der normalen Tätigkeit aufgeben und dich bemühen, auf die ganze Masse einzuwirken! Vor allen

Dingen ist eine laute, energische Predigt notwendig. Warum ist die Kunst, z. B. die Musik so lebenskräftig, so populär und so mächtig? Weil der Musiker oder Sänger gleich auf Tausende von Menschen einwirkt. Die liebe, liebe Kunst!«, fuhr sie mit einem träumerischen Blick gen Himmel fort. »Die Kunst gibt uns Flügel und entführt uns weit, weit von hier! Wer des Schmutzes und der kleinlichen Pfenniginteressen überdrüssig geworden ist, wer empört und beleidigt ist, der kann nur im Schönen Ruhe und Befriedigung finden.«

Als wir uns Kurilowka näherten, war das Wetter heiter und freundlich. In einigen Höfen wurde gedroschen, und es roch nach Roggenstroh. Hinter den Zäunen leuchteten hellrote Ebereschen, und alle Bäume, so weit der Blick reichte, waren golden oder rot. Vom Turme tönten die Glocken, man trug die Heiligenbilder in die Schule, und der Chor sang »Heilige Fürbitterin«. Die Luft war durchsichtig, und die Tauben flogen so hoch!

Der Gottesdienst wurde im Klassenzimmer abgehalten. Dann überreichten die Bauern von Kurilowka Mascha ein Heiligenbild, und die von Dubetschnja – eine große Brezel und ein vergoldetes Salzfass. Und Mascha weinte.

»Und wenn wir vielleicht ein Wort zu viel gesagt haben, oder es sonst irgendwelche Unannehmlichkeit gab, so verzeihen Sie uns!«, sagte ein Greis und verneigte sich vor ihr und vor mir.

Als wir nach Hause fuhren, sah sich Mascha nach der Schule um; das grüne Dach, das ich gestrichen hatte, glänzte in der Sonne und blieb lange sichtbar. Und ich fühlte, dass die Blicke, die Mascha um sich warf, Abschiedsblicke waren.

16

Abends fuhr sie in die Stadt.

In der letzten Zeit pflegte sie oft in die Stadt zu fahren und dort zu übernachten. Wenn sie fort war, konnte ich nicht arbeiten; meine Hände wurden auf einmal schwach, unser großer Hof erschien mir als eine langweilige Wüste, der Garten rauschte unfreundlich, und ohne sie waren das Haus, die Bäume und die Pferde für mich nicht mehr »unser«.

Ich ging nicht aus dem Hause, sondern saß immer an ihrem Tisch, neben ihrem Schrank mit den landwirtschaftlichen Büchern, ihren gewesenen Lieblingen, die sie jetzt nicht mehr brauchte und die mich daher so verlegen ansahen. Stundenlang, bis es sieben, acht, neun schlug, bis die schwarze Herbstnacht zum Fenster hereinblickte, besah ich mir irgendeinen alten Handschuh von ihr oder den Federhalter, mit dem sie immer schrieb, oder ihre kleine Schere; ich tat nichts und war mir dessen vollkommen bewusst, dass ich früher nur darum geackert, gemäht und Holz gehackt hatte, weil sie es so wollte. Und wenn sie mich schickte, einen tiefen Brunnen zu reinigen, wo ich bis an den Gürtel im Wasser stehen musste, so stiege ich gewiss in den Brunnen hinab, ohne mir zu überlegen, ob das nötig wäre oder nicht. Aber jetzt, wo sie nicht mehr in meiner Nähe war, erschien mir Dubetschnia mit der ganzen Unordnung, mit den ewig klappernden Fensterläden, mit den Tag- und Nachtdieben als ein Chaos, in dem jede Arbeit zwecklos wäre. Was soll ich hier auch arbeiten, was soll ich für die Zukunft sorgen, wenn ich fühle, dass mir der Boden entgleitet, dass meine Rolle hier in Dubetschnja zu Ende ist, mit einem Worte, dass mich das gleiche Schicksal erwartet, das die landwirtschaftlichen Werke ereilt hat? Wie furchtbar waren diese einsamen Stunden in der Nacht, als ich jeden Augenblick erschrocken horchte, ob mir nicht jemand zuriefe, dass ich schon gehen solle. Es tat mir um Dubetschnja leid, nur meine Liebe tat mir leid, für die offenbar auch schon der Herbst gekommen war. Was für ein großes Glück ist es, zu lieben und geliebt zu werden, und wie schrecklich ist es, zu fühlen, dass man von diesem hohen Turm herabstürzt!

Mascha kehrte aus der Stadt am anderen Abend zurück. Sie war über etwas unzufrieden, verheimlichte es aber und fragte nur, warum ich alle Winterfenster eingesetzt hätte; so könne man ja ersticken! Ich nahm zwei Fenster wieder heraus. Wir hatten gar keinen Hunger, setzten uns aber doch hin und aßen Abendbrot.

»Geh, wasch dir die Hände«, sagte meine Frau zu mir. »Du riechst nach Kitt.«

Sie hatte neue illustrierte Zeitschriften aus der Stadt mitgebracht, und nach dem Abendessen sahen wir sie uns zusammen an. Es waren auch Beilagen mit Modebildern und Kleiderschnitten dabei. Mascha sah sie sich nur flüchtig an, legte sie aber beiseite, um sie nachher genauer anzusehen; aber ein Kleid mit einem weiten, glatten Glockenrock und Bauschärmeln interessierte sie, und sie betrachtete es eine Minute ernst und aufmerksam.

»Das ist nicht übel«, sagte sie.

»Ja, das Kleid wird dir gut stehen«, sagte ich: »sogar sehr gut!«

Ich sah gerührt auf dieses Kleid, ich bewunderte das Bild nur, weil es ihr gefiel, und fuhr zärtlich fort:

»Ein herrliches, wunderbares Kleid! Meine herrliche, wunderbare Mascha! Meine teure Mascha!«

Tränen fielen auf das Bild.

»Meine herrliche Mascha ...«, stammelte ich: »Meine liebe, teure Mascha ...«

Sie ging schlafen, ich aber saß noch eine Stunde da und besah die Illustrationen.

»Es ist schade, dass du die Fenster wieder herausgenommen hast«, sagte sie aus dem Schlafzimmer. »Ich fürchte, dass es doch kalt werden wird. Wie der Wind heult!«

Ich las unter »Vermischtes« von der Herstellung billiger Tinte und vom größten Diamanten der Welt. Dann kam mir wieder das Modebild mit dem Kleide in die Hand, das ihr so gut gefallen hatte, und ich stellte sie mir auf einem Ball vor, mit einem Fächer in der Hand, mit entblößten Schultern, strahlend schön, mit großem Verständnis für Musik, Kunst und Literatur, und meine eigene Rolle kam mir so kläglich und kurz vor!

Unsere Begegnung und unsere Ehe waren nur eine Episode, wie sie diese lebhafte, reich begabte Frau noch viele in ihrem Leben haben wird. Alles Beste in der Welt stand zu ihrer Verfügung und fiel ihr ganz umsonst zu, selbst die Ideen und die moderne geistige Bewegung bedeuteten ihr nur einen Genuss, eine Abwechslung in ihrem Leben; ich aber war nur der Kutscher, der sie von einem Erlebnis zum anderen gefahren hatte. Jetzt braucht sie mich nicht mehr, sie fliegt aus, und ich bleibe allein.

Wie als Antwort auf meine Gedanken erklang im Hofe der verzweifelte Schrei:

»Zu Hilfe!«

Es war eine dünne Weiberstimme, und der Wind pfiff ebenso dünn im Kamin, als wollte er sie nachahmen. Nach einer halben Minute erklang es wieder durch das Heulen des Windes, aber scheinbar vom anderen Ende des Hofes:

»Zu Hilfe!«

»Missail, hörst du es?«, fragte leise meine Frau. »Hörst du es?«

Sie kam aus dem Schlafzimmer im bloßen Hemd mit offenen Haaren und lauschte, auf das dunkle Fenster blickend.

»Da wird jemand erwürgt!«, sage sie. »Das fehlte noch gerade.«

Ich nahm mein Gewehr und ging hinaus. Draußen war es stockfinster, und der Wind wehte so stark, dass ich kaum stehen konnte. Ich ging einmal zum Tor und horchte: die Bäume rauschten, der Wind pfiff, und im Garten heulte träge der Hund des blöden Wächters. Hinter dem Tore war eine höllische Finsternis, und am Bahndamm brannte kein einziges Licht. Plötzlich ertönte neben dem Flügel, in dem im vorigen Jahre die Baukanzlei gewesen war, ein halberstickter Schrei:

»Zu Hilfe!«

»Wer ist da?«, fragte ich.

Zwei Männer rangen miteinander. Der eine wollte den anderen hinausdrängen, der andere wehrte sich, und beide atmeten schwer.

»Lass los!«, sagte der eine, und ich erkannte die Stimme Tscheprakows; er war es, der mit der dünnen Weiberstimme geschrien hatte. »Lass los, Verfluchter, sonst beiße ich dir die Hände blutig!«

Im anderen erkannte ich Moissej. Ich brachte sie auseinander und schlug dabei Moissej zweimal ins Gesicht. Er fiel hin, stand wieder auf, und ich schlug ihn noch einmal.

»Er wollte mich umbringen«, stammelte er. »Er hatte sich an die Kommode der Frau Mama herangemacht ... Ich möchte ihn im Flügel einsperren, der Vorsicht halber.«

Tscheprakow war aber betrunken, er erkannte mich nicht und holte immer tief Atem, als wollte er möglichst viel Luft einatmen, um von Neuem um Hilfe zu schreien.

Ich ließ sie stehen und kehrte ins Haus zurück. Meine Frau lag schon angekleidet auf dem Bett. Ich erzählte ihr, was sich auf dem Hofe abgespielt, und gestand auch, dass ich Moissej geschlagen hatte.

»Es ist so schrecklich, auf dem Lande zu wohnen«, sagte sie. »Und so furchtbar lang ist diese Nacht ...«

»Zu Hilfe!«, ertönte es nach einer Weile wieder.

»Ich gehe hin und schaffe Ruhe«, sagte ich.

»Nein, sollen sie nur einander die Kehlen durchbeißen«, sagte sie mit Ekel.

Sie blickte auf die Decke und horchte hinaus, und ich saß an ihrer Seite, wagte nicht mit ihr zu sprechen und hatte das

Gefühl, als ob es meine Schuld wäre, dass man draußen um Hilfe schrie und dass die Nacht so lang war.

Wir schwiegen, und ich wartete mit Ungeduld auf das erste Morgenlicht. Mascha blickte aber die ganze Zeit so, wie wenn sie aus einer Ohnmacht erwacht wäre und nun staunte, wie sie, das kluge, wohlerzogene, reinliche Wesen in diese elende Provinzeinöde, in diese Gesellschaft unbedeutender, kleinlicher Menschen geraten sei und wie sie sich dermaßen habe vergessen können, um einen dieser Menschen zu lieben und länger als ein halbes Jahr seine Frau zu sein. Mir schien es, dass sie keine Unterschiede mehr zwischen mir, Moissej und Tscheprakow machte; alles vermischte sich für sie in diesem trunkenen, wilden Hilfeschrei – ich, und unsere Ehe, und unsere Wirtschaft, und der Herbstschmutz; und wenn sie seufzte oder sich im Bette wälzte, las ich in ihrem Gesicht: »Ach, wenn doch der Morgen endlich käme!«

Am Morgen fuhr sie ab.

Ich blieb in Dubetschnja noch drei Tage und wartete, ob sie nicht doch noch zurückkommen würde. Dann legte ich alle unsere Sachen in einem der Zimmer zusammen, sperrte es ab und ging in die Stadt. Als ich am Hause des Ingenieurs klingelte, war schon Abend, und in unserer Großen Adelsstraße brannten die Laternen. Pawel sagte mir, dass niemand zu Hause sei: Viktor Iwanowitsch sei nach Petersburg verreist und Maria Viktorowna auf einer Probe bei den Aschogins. Ich erinnere mich noch, mit welcher Aufregung ich zu den Aschogins ging, wie mein Herzschlag stockte, als ich die Treppe hinaufging und lange oben auf dem Treppenabsatz stand, ehe ich es wagte, in diesen Musentempel einzutreten! Im Saale brannten auf dem Tische, auf dem Klavier und auf der Bühne je drei Kerzen, überall drei; die erste Vorstellung war für den Dreizehnten angesetzt, und die erste Probe fand an einem Montag, einem gefürchteten Unglückstag statt. Das war der Kampf gegen die Vorurteile! Alle Liebhaber der Bühnenkunst waren schon versammelt. Die Älteste, die Mittlere und die Jüngste gingen auf der Bühne auf und ab und lasen ihre Rollen. Abseits von allen stand Rettich, mit der Schläfe gegen die Wand gelehnt, und blickte, in Erwartung der Probe, andächtig auf die Bühne. Alles war genau so wie einst!

Ich ging auf die Dame des Hauses zu, – ich musste sie doch begrüßen, – aber alle begannen plötzlich zu zischen und mit den Füssen zu stampfen, dass ich leiser auftrete. Es wurde still. Man hob den Deckel des Klaviers, eine Dame setzte sich vor das Instrument und richtete ihre kurzsichtigen Augen auf die Noten, und nun erschien meine Mascha. Sie war schön und elegant, aber von einer eigenen, ganz neuen Schönheit und glich gar nicht jener Mascha, die mich im Frühjahr auf der Mühle besuchte. Sie sang das Lied:

»Warum lieb ich dich so, du strahlende Nacht?«

Seitdem ich sie kannte, hörte ich sie heute zum ersten Mal singen. Sie hatte eine schöne, kräftige, volle Stimme, und solange sie sang, hatte ich das Gefühl, als ob ich eine reife, süße, duftende Melone verzehrte. Nun war sie zu Ende, man applaudierte ihr und sie lächelte sehr zufrieden, blätterte in den Noten und nestelte an ihrem Kleid wie ein Vogel, der sich endlich aus der Gefangenschaft befreit hat und in Freiheit sein Gefieder in Ordnung bringt. Ihre Haare waren hinter die Ohren gekämmt, und ihr Gesicht hatte einen unangenehmen Ausdruck, wie wenn sie alle herausforderte oder uns wie die Pferde anschreien wollte: »He, ihr Lieben!«

In diesem Augenblick sah sie wohl ihrem Großvater, dem Kutscher sehr ähnlich.

»Auch du bist hier?«, fragte sie, mir die Hand reichend. »Hast du gehört, wie ich sang? Wie findest du es?« Ohne meine Antwort abzuwarten, fuhr sie fort: »Es ist sehr gut, dass du hergekommen bist. Heute Nacht reise ich für kurze Zeit nach Petersburg. Willst du es mir erlauben?«

Um Mitternacht begleitete ich sie zum Bahnhof. Sie umarmte mich zärtlich, wohl aus Dank dafür, weil ich keine überflüssigen Fragen stellte, und versprach mir zu schreiben. Ich aber drückte und küsste lange ihre Hände, sagte kein Wort und hielt mit Mühe meine Tränen zurück.

Und als sie fort war, blickte ich lange den Lichtern des Zuges nach, liebkoste sie in Gedanken und wiederholte leise vor mich hin:

»Meine liebe Mascha, meine herrliche Mascha ...«

Ich übernachtete in der Vorstadt Makaricha bei der Karpowna und überzog schon am nächsten Morgen mit Rettich die Möbel bei einem reichen Kaufmann, der seine Tochter mit einem Doktor verheiratete.

17

Am Sonntag Nachmittag kam meine Schwester zu mir und trank mit mir Tee.

»Jetzt lese ich sehr viel«, sagte sie, auf die Bücher zeigend, die sie sich auf dem Wege zu mir aus der Stadtbibliothek geholt hatte. »Ich bin deiner Frau und Wladimir dankbar, sie haben in mir die Selbsterkenntnis geweckt. Sie haben mich gerettet und es erreicht, dass ich mich als Mensch fühle. Früher konnte ich nachts keinen Schlaf finden, weil mein Kopf voller Sorgen war: ›Ach, wir haben in dieser Woche so viel Zucker verbraucht! Ach, dass die Gurken nur nicht zu salzig werden!‹ Auch jetzt schlafe ich schlecht, aber es sind schon ganz andere Gedanken. Ich ärgere mich, dass ich die Hälfte meines Lebens so dumm, so kleinmütig vertrödelt habe. Ich verachte meine Vergangenheit, ich schäme mich ihrer, den Vater sehe ich aber als meinen Feind an. Oh, wie dankbar bin ich doch deiner Frau! Und Wladimir, was ist das für ein prächtiger Mensch! Sie haben mir die Augen geöffnet.«

»Es ist nicht gut, dass du nachts nicht schläfst«, sagte ich.

»Du glaubst wohl, ich bin krank? Keine Spur! Wladimir hat mich untersucht und gefunden, dass ich vollkommen gesund hin. Es handelt sich aber nicht um die Gesundheit, die ist nicht so wichtig ... Sage mir nur: Bin ich im Recht?«

Sie brauchte moralische Unterstützung, – das war mir klar. Mascha war verreist, Doktor Blagowo befand sich in Petersburg, und sie hatte in der ganzen Stadt niemand außer mir, der ihr sagen könnte, dass sie im Recht sei. Sie blickte mir gespannt ins Gesicht, als wollte sie meine geheimen Gedanken lesen, und wenn ich in ihrer Gegenwart nachdenklich war und schwieg, bezog sie es auf sich und wurde traurig. Ich musste immer auf der Hut sein, und wenn sie mich fragte, ob sie recht hätte, beeilte ich mich, ihr zu sagen, dass sie im Rechte sei und dass ich sie aufrichtig achte.

»Weißt du, man hat mir bei den Aschogins eine Rolle gegeben«, fuhr sie fort. »Ich will auf der Bühne spielen. Ich will leben, mit einem Wort, ich will auch einmal aus vollem Kelche trinken. Ich habe gar kein Talent, und die Rolle besteht nur aus zehn Worten, und doch ist es unermesslich erhabener und edler, als fünfmal am Tage Tee einzuschenken und aufzupassen, ob die Köchin nicht ein Stück zu viel gegessen hat. Vor allen Dingen soll aber der Vater endlich sehen, dass auch ich zu einem Protest fähig bin.«

Nach dem Tee legte sie sich auf mein Bett und lag eine Zeit lang mit geschlossenen Augen. Sie war sehr blass.

»Diese Schwäche!«, sagte sie, als sie nach einer Weile wieder aufstand. »Wladimir behauptet, dass alle Frauen und Mädchen in der Stadt vor lauter Müßiggang blutarm sind. Wie klug ist doch Wladimir! Er hat recht, er hat tausendmal recht. Man muss arbeiten!«

Nach zwei Tagen kam sie mit ihrer Rolle zu den Aschogins zur Probe. Sie trug ein schwarzes Kleid, eine Korallenkette um den Hals, eine Brosche, die aus der Ferne wie ein Blätterteigkuchen aussah, und große Ohrringe mit je einem Brillanten. Als ich sie ansah, musste ich mich genieren, ihre Geschmacklosigkeit machte mich bestürzt. Die Brillantohrringe waren so unpassend; auch die anderen bemerkten, wie sonderbar sie gekleidet war; ich sah die Leute lächeln und hörte sogar jemand sagen:

»Die ägyptische Kleopatra!«

Sie bemühte sich, ungezwungen, ruhig und mondän zu erscheinen und erschien darum manieriert und sehr sonderbar. Ihre frühere Einfachheit und Anmut hatten sie verlassen.

»Als ich eben dem Vater erklärte, dass ich zur Probe gehe«, sagte sie, auf mich zugehend, »schrie er mich an und erklärte, dass er mir seinen Segen entziehe; beinahe hätte er mich geschlagen. Denke dir nur, ich kann meine Rolle nicht«, sagte sie, in ihr Heft blickend. »Ich werde mich ganz bestimmt blamieren. Die Würfel sind gefallen«, fuhr sie in höchster Erregung fort. »Die Würfel sind gefallen....«

Sie glaubte, dass alle auf sie sehen und über den bedeutungsvollen Schritt, zu dem sie sich entschlossen hatte, staunen; sie glaubte, dass alle von ihr etwas Ungewöhnliches erwarteten, und es war mir ganz unmöglich, sie davon zu überzeugen, dass niemand sich um solche kleine und uninteressante Menschen, wie wir beide, kümmerte.

Bis zum dritten Akt hatte sie nichts zu tun, und ihre Rolle einer Provinztante bestand nur darin, dass sie vor der Tür horchen und dann einen kurzen Monolog zu sprechen hatte. Bis die Reihe an sie kam, also mindestens anderthalb Stunden, während die andern Darsteller auf der Bühne herumgingen, lasen, Tee tranken und stritten, wich sie nicht von meiner Seite, murmelte in einem Fort ihre Rolle und zerknüllte nervös ihr Heft. In der Meinung, dass alle sie ansähen und auf ihr Auftreten warteten, nestelte sie mit zitternder Hand an ihren Haaren und sagte zu mir:

»Ich werde mich ganz bestimmt blamieren ... Wenn du nur wüsstest, wie schwer es mir ums Herz ist. Ich habe solche Angst, als ob man mich gleich zum Schafott führen würde.«

Endlich kam sie an die Reihe.

»Kleopatra Alexejewna, jetzt!«, sagte der Regisseur.

Unschön und linkisch trat sie auf die Mitte der Bühne mit dem Ausdruck von Entsetzen im Gesicht und stand eine halbe Minute unbeweglich wie im Starrkrampfe da; nur die beiden großen Ohrringe bewegten sich.

»Das erste Mal können Sie die Rolle auch ablesen.«, sagte jemand.

Es war mir klar, dass sie vor Angst weder sprechen, noch das Heft aufmachen konnte; ich sah, dass sie am wenigsten an ihre Rolle dachte. Ich wollte schon auf sie zugehen und ihr etwas sagen, als sie plötzlich mitten auf der Bühne niederkniete und laut schluchzte.

Alles kam in Bewegung, alle lärmten, nur ich allein stand an die Kulisse gelehnt, von dem Vorgefallenen erdrückt, und wusste nicht, was anzufangen. Ich sah, wie man ihr aufstehen half und sie fortführte. Ich sah, wie Anjuta Blagowo auf mich zuging; ich hatte sie vorher im Saale nicht gesehen, und sie schien wie aus der Erde gewachsen. Sie hatte ihren Hut auf und den Schleier vor dem Gesicht und sah wie immer so aus, als ob sie nur auf dem Sprunge hier wäre.

»Ich hab' ihr doch gesagt, dass sie nicht spielen darf«, sagte sie rot vor Empörung, jedes Wort kurz hervorstoßend. »Das ist Wahnsinn! Sie hätten sie davon abhalten müssen!«

Nun näherte sich mir die magere und flache Frau Aschogin Mutter in ihre kurzen Bluse mit kurzen Ärmeln und Zigarettenasche auf der Brust.

»Mein Freund, es ist ja entsetzlich«, sagte sie, die Hände ringend und nur wie immer scharf ins Gesicht blickend. »Das ist ja entsetzlich! Ihre Schwester ist in Umständen ... sie ist schwanger! Führen Sie sie doch fort, ich bitte Sie darum ...«

Sie war furchtbar erregt und atmete schwer. Etwas abseits standen ihre drei Töchter, ebenso mager und flach wie sie, und drängten sich ängstlich aneinander. Sie waren so erschrocken und bestürzt, als ob man in ihrem Hause einen Zuchthäusler erwischt hätte. Wie schrecklich, diese Schande! Und doch hatte diese ehrenwerte Familie ihr Leben lang gegen die Vorurteile gekämpft; offenbar hatten sie geglaubt, das alle Vorurteile und Verirrungen der Menschheit nur in der Furcht vor den drei Kerzen, vor der Zahl Dreizehn und vor dem Montag bestünden.

»Ich bitte Sie darum ...«, wiederholte Frau Aschogin mit gespitztem Mund. »Ich bitte Sie, bringen Sie sie doch nach Hause.«

18

Bald darauf waren wir auf der Straße. Ich hüllte meine Schwester in meinen Mantel; wir gingen schnell, wählten Gässchen, in denen keine Laternen brannten, und wichen jeder Begegnung aus, wie wenn wir auf der Flucht wären. Sie weinte nicht mehr und blickte mich mit trockenen Augen an. Bis zur Vorstadt Makaricha, wohin ich sie führte, waren kaum zwanzig Minuten, und doch genügte uns diese kurze Zeit, um uns unseres ganzen Lebens zu erinnern, alles zu besprechen, unsere Lage zu überblicken und Pläne zu fassen ...

Wir waren uns einig, dass wir in dieser Stadt nicht länger bleiben durften und, sobald ich etwas Geld verdient haben würde, an irgendeinen anderen Ort ziehen mussten. In den einen Häusern schlief man schon, in den anderen spielte man noch Karten; wir hassten diese Häuser, wir fürchteten sie und sprachen vom Fanatismus, der Herzensrohheit und der Nichtswürdigkeit dieser geachteten Familien, dieser Liebhaber der Theaterkunst, denen wir solche Angst gemacht hatten, und ich fragte mich, worin diese dummen, grausamen, faulen, ehrlosen Menschen besser seien als die betrunkenen und abergläubischen Bauern von Kurilowka, oder als die Tiere, die ja auch unruhig werden, wenn irgendein Zufall die Eintönigkeit ihres von den Instinkten beschränkten Lebens stört. Was wäre jetzt wohl mit meiner Schwester, wenn sie zu Hause bliebe? Was für furchtbare moralische Leiden hätte sie zu erdulden, wenn sie mit dem Vater sprechen und jeden Tag mit Bekannten zusammenkommen müsste! Während ich mir dies alles überlegte, kamen mir verschiedene Menschen in Erinnerung, die von ihren nächsten Verwandten langsam hingemordet worden waren, alle die zu Tode gequälten, verrückt gewordenen Hunde, die bei lebendigem Leibe von den Jungen gerupften und ins Wasser geworfenen Spatzen, – und die ganze unendliche Reihe stummer, langsamer Leiden, die ich in dieser Stadt ununterbrochen, seit meiner frühesten Kindheit beobachtet hatte; und ich konnte wieder nicht begreifen, wovon diese sechzigtausend Menschen lebten, wozu sie beteten, wozu sie die Evangelien und wozu sie Bücher und Zeitschriften lasen. Was hat ihnen das alles genützt, was bisher geschrieben und gesprochen worden ist, wenn in ihren Seelen noch immer dieselbe Finsternis herrscht und derselbe Hass gegen jede Freiheit wie vor hundert und vor dreihundert Jahren? Der Bauunternehmer baut sein Leben lang Häuser in der Stadt und sagt dabei bis zu seinem Tode statt »Galerie« – »Galderie«; ebenso lesen und hören diese sechzigtausend Menschen seit Generationen so viel von Wahrheit, Barmherzigkeit und Freiheit und doch lügen sie bis zu ihrem Tode vom Morgen bis zum Abend und quälen einander; die Freiheit aber fürchten und hassen sie wie ihren Feind.

»Mein Schicksal ist also entschieden«, sagte meine Schwester, als wir am Ziel waren. »Nach dem, was geschehen, kann ich nicht mehr nach Hause zurückkehren. Mein Gott, wie gut das ist! Wie leicht ist es mir ums Herz!«

Sie legte sich sofort ins Bett. An ihren Wimpern glänzten Tränen, aber ihr Gesicht strahlte vor Glück; sie schlief fest und süß und sah tatsächlich so aus, als wäre es ihr leicht ums Herz und als ruhe sie aus. Lange, lange hatte sie nicht mehr so geschlafen!

Nun lebten wir zusammen. Sie sang immer und sagte, dass sie sich sehr wohl fühle. Die Bücher, die wir aus der Bibliothek entliehen, trug ich ungelesen zurück, da sie nicht mehr lesen konnte; sie wollte nur noch von der Zukunft träumen und sprechen. Wenn sie meine Wäsche flickte oder der Karpowna beim Kochen half, trällerte sie vor sich hin oder sprach von ihrem Wladimir, von seiner Klugheit, von seinen wunderbaren Manieren, seiner Güte und seiner ungewöhnlichen Bildung, und ich stimmte ihr zu, obwohl ich den Doktor nicht mehr liebte. Sie wollte arbeiten, selbstständig, für eigene Rechnung leben und nahm sich vor, Lehrerin oder Krankenpflegerin zu werden, sobald es ihre Gesundheit erlaubte; sie wollte auch selbst die Fußböden scheuern und Wäsche waschen. Sie liebte ihr Kind leidenschaftlich; es war noch nicht auf der Welt, aber sie wusste schon, was für Augen, was für Hände es haben und wie es lachen würde. Sie sprach gerne von Erziehung, und da sie ihren Wladimir für den besten Menschen auf der ganzen Welt hielt, so liefen alle ihre Betrachtungen darauf hinaus, dass das Kind ebenso bezaubernd werden sollte wie sein Vater. Alle diese Gespräche wollten kein Ende nehmen, und alles, was sie sagte, weckte in ihr selbst lebhafte Freude. Manchmal freute ich mich auch, ohne recht zu wissen, worüber.

Sie hatte mich wohl mit ihren träumerischen Stimmungen angesteckt; an Abenden ging ich trotz der Müdigkeit, die Hände in den Taschen, in meinem Zimmer auf und ab und sprach von Mascha.

»Wie denkst du wohl«, fragte ich meine Schwester, »wann kehrt sie zurück? Ich glaube, sie wird zu Weihnachten zurückkehren, wohl kaum später. Was hat sie auch in Petersburg zu tun?«

»Wenn sie dir nicht schreibt, so wird sie offenbar bald kommen.«

»Das ist wahr«, stimmte ich ihr bei, obwohl ich sehr gut wusste, dass Mascha gar keine Ursache hatte, in unsere Stadt zurückzukehren.

Ich sehnte mich sehr nach ihr; und da ich mich selbst nicht mehr betrügen konnte, wollte ich von den anderen betrogen werden. Meine Schwester wartete auf ihren Doktor, und ich auf Mascha, wir sprachen unaufhörlich, wir lachten und merkten gar nicht, dass wir die Karpowna nicht einschlafen ließen, die auf ihrem Ofen lag und immer murmelte:

»Der Samowar hat heut früh gebrummt! Das bedeutet nichts Gutes, meine Lieben, nichts Gutes!«

Zu uns kam niemand außer dem Briefträger, der der Schwester Briefe von ihrem Doktor brachte, und Prokofij, der manchmal abends zu uns hereinkam, meine Schwester stumm ansah und nachher in der Küche sagte:

»Jeder Stand soll seine Wissenschaft kennen, wer sie aber aus Hochmut nicht kennen will, dem ist das Leben ein Jammertal.«

Er liebte das Wort »Jammertal«. Als ich einmal – es war schon kurz vor Weihnachten, – durch den Markt ging, rief er mich in seinen Fleischladen herein und erklärte, ohne mir die Hand zu geben, dass er mit mir über eine wichtige Angelegenheit sprechen müsse. Er war ganz rot vom Frost und vom Schnaps; neben ihm stand am Ladentisch Nikolka mit dem Räubergesicht und hielt ein blutiges Messer in der Hand.

»Ich muss Ihnen Folgendes sagen«, begann Prokofij: »Dies kann unmöglich so weitergehen, und Sie müssen selbst einsehen, dass diese Sache weder Ihnen, noch uns Ehre einbringen wird. Meine Mama kann Ihnen natürlich aus Mitleid nicht sagen, dass Ihre Schwester infolge ihrer Umstände in eine andere Wohnung ziehen soll. Mir passt es aber nicht, weil ich das Benehmen Ihrer Schwester nicht billigen kann.«

Ich verstand ihn gut und verließ den Laden. Am gleichen Tage zog ich mit meiner Schwester zu Rettich. Wir hatten kein Geld für eine Droschke und gingen zu Fuß; ich schleppte unsere Habseligkeiten auf dem Rücken; meine Schwester hatte zwar nichts in den Händen, aber sie atmete schwer, hustete und fragte immer wieder, ob wir noch nicht bald da wären.

19

Endlich kam ein Brief von Mascha.

»Mein lieber, guter M.A.«, schrieb sie mir, »mein guter, sanfter Engel, wie Sie der alte Maler nannte, leben Sie wohl, ich reise mit Papa nach Amerika zur Ausstellung. In wenigen Tagen werde ich den Ozean sehen – wie fern ist jetzt von mir unser Dubetschnja, es ist unheimlich, daran zu denken! Es ist so fern und unfassbar wie der Himmel, und ich strebe nach der Freiheit, ich triumphiere, ich bin ganz verrückt, Sie sehen ja, wie unsinnig dieser Brief ist. Mein Lieber, mein Guter, geben Sie mir die Freiheit, zerreißen Sie schneller den Faden, der uns noch aneinander bindet. Dass ich Ihnen begegnet bin und Sie kennengelernt habe, war ein himmlischer Strahl, der mein ganzes Sein erleuchtete; aber dass ich Ihre Frau wurde, das war ein Fehler, begreifen Sie das! Die Erkenntnis dieses Fehlers bedrückt mich schwer, und ich flehe Sie kniefällig an, mein großmütiger Freund, mir sehr bald, noch vor meiner Ozeanreise zu telegrafieren, dass Sie bereit sind, unseren gemeinsamen Fehler gutzumachen und diese einzige Last von meinen Flügeln zu nehmen. Mein Vater, der alle Scherereien auf sich nehmen will, hat mir versprochen, Sie nicht zu sehr mit den Formalitäten zu belästigen. Ich bin also ganz frei? Ja?

Seien Sie glücklich, Gott segne Sie, verzeihen Sie mir, Sünderin.

Ich lebe und bin gesund. Ich gebe viel Geld aus, mache viel Dummheiten und danke jeden Augenblick Gott, dass eine so schlechte Frau, wie ich, keine Kinder hat. Ich singe und habe Erfolg, aber das ist keine Laune, nein, das ist mein sicherer Hafen, meine Zelle, in der ich jetzt Ruhe finde. König David hat einen Ring gehabt mit der Inschrift: ›Alles vergeht‹.

Wenn man traurig ist, machen einen diese Worte lustig, und wenn man lustig ist, stimmen sie traurig. Auch ich habe mir solch einen Ring mit hebräischer Inschrift angeschafft, und dieser Talisman wird mich vor Verirrungen schützen. Alles vergeht, auch das Leben wird vergehen, folglich braucht der Mensch nichts. Oder der Mensch braucht nur das Bewusstsein der Freiheit, denn wenn er frei ist, so braucht er nichts, gar nichts. Zerreißen Sie also den Faden. Ich umarme Sie und Ihre Schwester. Verzeihen Sie mir und vergessen Sie Ihre M.«

Meine Schwester lag in dem einen Zimmer und Rettich, der wieder von seiner Krankheit genas, im anderen. Als ich diesen Brief bekam, ging meine Schwester leise zum Maler, setzte sich neben ihn und begann ihm vorzulesen. Sie las ihm täglich etwas von Ostrowskij oder Gogol vor, und er hörte ihr zu, auf einen Punkt starrend, ohne zu lachen, immerfort den Kopf schüttelnd und ab und zu vor sich hinmurmelnd:

»Alles ist möglich! Alles ist möglich!«

Wenn im Stück etwas Unschönes vorkam, so sagte er schadenfroh, mit dem Finger aufs Buch zeigend:

»Da ist die Lüge! Da sieht man, wozu die Lüge führt!«

Die Stücke fesselten ihn wie durch ihren Inhalt so auch durch die Moral und den kunstvollen Aufbau. Er bewunderte die Dichter, ohne sie je beim Namen zu nennen:

»Wie geschickt hat er das hingesetzt!«

Meine Schwester las diesmal nur eine Seite vor; mehr konnte sie nicht, denn ihre Stimme versagte. Rettich nahm sie bei der Hand, bewegte seine ausgetrockneten Lippen und sagte kaum hörbar mit heiserer Stimme:

»Die Seele des Gerechten ist weiß und glatt wie Kreide, und die Seele des Sünders ist wie Bimsstein. Die Seele des Gerechten ist wie heller Firnis und die Seele des Sünders wie Gaspech. Man muss arbeiten, man muss leiden, man muss trauern«, fuhr er fort, »denn ein Mensch, der nicht arbeitet und nicht leidet, kommt nicht ins Himmelreich. Wehe, wehe den Satten, wehe den Mächtigen, wehe den Reichen, wehe den Wucherern! Sie werden das Himmelreich nicht schauen. Die Läuse fressen das Gras, der Rost – das Eisen ...«

»Und die Lüge – die Seele«, ergänzte meine Schwester lachend.

Ich las den Brief noch einmal. In diesem Augenblick kam in die Küche ein Soldat, der uns zweimal in der Woche Tee, Semmeln und Rebhühner, die nach Parfüm rochen, brachte; wir wussten nicht, von wem. Ich hatte keine Arbeit und saß tagelang zu Hause; derjenige, der uns das alles schickte, wusste offenbar, dass wir Not litten.

Ich hörte, wie meine Schwester lustig lachend mit dem Soldaten sprach. Später aß sie im Liegen eine Semmel und sagte zu mir:

»Als du nicht länger in Stellung bleiben wolltest und Maler wurdest, wussten wir, Anjuta Blagowo und ich, schon gleich am Anfang, dass du recht hattest, aber wir scheuten uns, es laut auszusprechen. Sage einmal, was ist es, was den Menschen abhält, seine Gedanken auszusprechen? Nimm zum Beispiel diese Anjuta Blagowo. Sie liebt dich, sie verehrt dich, sie weiß, dass du im Rechte bist; sie liebt auch mich wie eine Schwester und weiß, dass ich im Rechte bin; im innersten Herzen beneidet sie mich sogar, aber etwas hält sie davon ab, zu uns zu kommen; sie meidet uns, sie fürchtet uns.«

Meine Schwester faltete ihre Hände auf der Brust und sagte begeistert:

»Wenn du nur wüsstest, wie sehr sie dich liebt! Diese Liebe hat sie nur mir allein gestanden, und auch das nur im Dunkeln, ganz leise. Manchmal führte sie mich in eine dunkle Allee und flüsterte mir zu, wie teuer du ihr seist. Du wirst es sehen, sie wird niemals heiraten, weil sie dich liebt. Tut sie dir nicht leid?«

»Ja.«

»Sie hat uns auch diese Semmeln geschickt. Es ist wirklich lächerlich, warum verheimlicht sie es? Auch ich war lächerlich und dumm gewesen, nun bin ich von dort weggegangen und habe vor niemand mehr Angst. Ich denke und sage, was ich will und bin glücklich. Als ich noch zu Hause wohnte, hatte ich keine Ahnung von Glück, jetzt würde ich aber auch nicht mit einer Königin tauschen.«

Nun kam Doktor Blagowo. Er hatte sein Doktordiplom bekommen und ruhte jetzt in unserer Stadt bei seinem Vater aus. Er sagte, dass er bald wieder nach Petersburg gehen wolle, um sich mit den Schutzimpfungen gegen Typhus und, ich glaube, auch gegen die Cholera zu befassen; er wollte auch noch ins Ausland gehen, um sich zu vervollkommnen und später einen Lehrstuhl zu bekommen. Den Militärdienst hatte er aufgegeben und trug nun ein bequemes Cheviotjackett, weite Hosen und prachtvolle Krawatten. Meine Schwester war von seinen Krawattennadeln, Manschettenknöpfen und vom roten Seidentuch, das er aus Koketterie in der vorderen Rocktasche trug, entzückt. Einmal zählten wir aus Langweile alle seine Anzüge auf, die wir kannten, und es waren ihrer mindestens zehn. Es war klar, dass er meine Schwester immer noch liebte, aber er hatte kein einziges Mal, nicht einmal im Scherz gesagt, dass er sie nach Petersburg oder ins Ausland mitnehmen wolle, und ich konnte mir gar nicht vorstellen, was aus ihr, wenn sie am Leben bliebe, und was aus ihrem Kinde werden würde. Sie aber träumte ohne Ende und dachte nie ernsthaft an die Zukunft; sie sagte, er könne verreisen, wohin er wolle, er dürfe sie sogar verlassen, wenn er nur selbst glücklich sei; ihr aber genüge schon das, was gewesen.

Wenn er zu uns kam, untersuchte er sie sehr eingehend und verlangte, dass sie in seiner Gegenwart Milch mit irgendwelchen Tropfen trinke. Auch heute tat er es. Er untersuchte sie und zwang sie ein Glas Milch zu trinken, und dann roch es in unserem Zimmer nach Kreosol.

»Das ist vernünftig«, sagte er, ihr das Glas aus der Hand nehmend. »Du sollst nicht viel sprechen, du aber plauderst in der letzten Zeit wie eine Elster. Sei, bitte, still.«

Sie lachte. Dann ging er in das Zimmer Rettichs, bei dem ich saß, und klopfte mir freundlich auf die Schulter.

»Nun, wie geht's, Alter?«, fragte er, sich über den Kranken beugend.

»Euer Hochwohlgeboren ...«, sagte Rettig, leise die Lippen bewegend: »Euer Hochwohlgeboren, ich erlaube mir zu bemerken ... wir alle stehen in Gottes Hand, wir alle müssen sterben ... Erlauben Sie, dass ich die Wahrheit sage ... Euer Hochwohlgeboren, Sie werden nicht ins Himmelreich kommen!«

»Nun, was soll man machen«, scherzte der Doktor, »jemand muss doch auch in die Hölle kommen.«

Plötzlich trübte sich mein Bewusstsein. Es war mir, als sähe ich es im Traume: Ich stehe in einer Winternacht auf dem Schlachthofe, und neben mir steht Prokofij, der entsetzlich nach Pfefferschnaps riecht. Ich nahm alle meine Kräfte zusammen und rieb mir die Augen, und sofort schien es mir wieder, als ginge ich zum Gouverneur, um mich mit ihm auseinanderzusetzen. Ähnliche Zustände habe ich weder früher noch später gehabt, und diese seltsamen, traumartigen Erinnerungen kamen wohl vor von der Überanstrengung meines Nervensystems. Ich durchlebte den frühen Morgen auf dem Schlachthofe und die Auseinandersetzung mit dem Gouverneur und hatte dabei das dunkle Gefühl, dass es nicht die Wirklichkeit war.

Als ich wieder zu mir kam, sah ich, dass ich nicht mehr zu Hause war, sondern mit dem Doktor auf der Straße unter einer Laterne stand.

»Es ist traurig, traurig«, sagte er, während ihm die Tränen die Wangen herunterliefen. »Sie ist lustig und lacht und hofft, und doch ist ihre Lage hoffnungslos, mein Bester. Ihr Rettich hasst mich und will mir immer zu verstehen geben, dass ich schlecht gegen sie gehandelt habe. Er hat von seinem Standpunkt aus recht, aber ich habe auch meinen eigenen Standpunkt und bedauere in keiner Weise das, was geschehen ist. Wir alle müssen lieben, nicht wahr? Ohne Liebe gibt es kein Leben. Wer die Liebe fürchtet und flieht, der ist nicht frei.«

Allmählich kam er auf andere Themen zu sprechen und redete von der Wissenschaft und von seiner Dissertation, die in Petersburg gut gefallen habe; er sprach mit Begeisterung und dachte gar nicht mehr an meine Schwester, an seinen Kummer und an mich. Das Leben riss ihn mit. Sie hat ihr Amerika und den Ring mit der Inschrift, dachte ich mir, und er – seinen Doktortitel und die wissenschaftliche Karriere; nur ich und meine Schwester sind beim Alten geblieben.

Nachdem ich mich von ihm verabschiedete, ging ich an die Laterne und las den Brief noch einmal durch. Es fiel mir so lebhaft ein, wie sie im Frühjahr eines Morgens zu mir auf die Mühle gekommen war und sich mit einem Schafpelz zugedeckt hatte – sie wollte einer einfachen Bäuerin gleichen. Ein anderes Mal, auch das war am frühen Morgen, als wir die Netze aus dem Wasser zogen, fielen auf uns von den Uferweiden große Regentropfen, und wir lachten so herzlich ...

In unserem Hause auf der Großen Adelsstraße war es dunkel. Ich kletterte über den Zaun, wie ich es in früheren Zeiten zu tun pflegte, und ging in die Küche, um mir mein Lämpchen zu holen. In der Küche war niemand; am Ofen summte der Samowar, der auf meinen Vater wartete. Wer mag ihm wohl jetzt den Tee einschenken?, fragte ich mich. Ich nahm das Lämpchen, ging in die Hütte, machte mir aus den alten Zeitungen ein Lager zurecht und legte mich hin. Die Haken an den Wänden blickten ernst drein, und ihre Schatten bewegten sich. Es war kalt. Mir war es, als ob gleich meine Schwester kommen und mir das Abendbrot bringen würde, aber ich erinnerte mich, dass sie krank im Hause Rettichs lag, und es kam mir plötzlich sonderbar vor, dass ich über den

Zaun geklettert war und hier in der ungeheizten Hütte lag. Mein Bewusstsein war getrübt, und allerlei Unsinn schwebte mir vor den Augen.

Nun klingelt es. Die Geräusche sind mir von Kindheit bekannt: Zuerst raschelt der Draht an der Wand, dann ertönt in der Küche ein kurzes, klagendes Lauten. Der Vater ist aus dem Klub heimgekehrt. Ich stand auf und ging in die Küche. Als die Köchin Aksinja mich erblickte, schlug sie die Hände zusammen und fing zu weinen an.

»Liebes Kind!«, sagte sie leise. »Mein Teurer! Ach Gott!«

In ihrer Aufregung begann sie an ihrer Schürze zu zerren. Auf der Fensterbank standen große Flaschen mit Beeren und Branntwein. Ich schenkte mir eine Teetasse voll ein und trank sie gierig aus, weil ich sehr durstig war. Aksinja hatte erst eben den Tisch und die Bänke gescheuert, und in der Küche roch es so, wie es in hellen, gemütlichen Küchen bei reinlichen Köchinnen zu riechen pflegt. Dieser Geruch und das Zirpen des Heimchens lockten uns in unseren Kindertagen nach der Küche und weckten in uns den Wunsch, Märchen zu hören und harmlose Kartenspiele zu spielen ...

»Und wo ist Kleopatra?«, fragte Aksinja leise, in großer Hast, den Atem zurückhaltend. »Und wo ist deine Mütze, Väterchen? Und deine Frau ist, wie man sagt, nach Petersburg verreist?«

Sie war schon bei meiner Mutter im Dienst gewesen und pflegte einst uns, mich und Kleopatra in einem Holztrog zu baden; auch jetzt noch betrachtete sie uns als Kinder, die sie zu erziehen hatte. In einer Viertelstunde hatte sie mir alle Erwägungen ausgekramt, die sie, seit wir uns nicht gesehen, in der Stille der Küche mit der Umsicht einer alten Magd aufgespeichert hatte. Sie sagte, dass man den Doktor zwingen könne, Kleopatra zu heiraten, – man müsse ihm nur ordentlich Angst machen und eine Bittschrift an den Bischof aufsetzen, damit er seine erste Ehe auflöse; dann wäre es gut, Dubetschnja hinter dem Rücken meiner Frau zu verkaufen und das Geld auf meinen Namen in die Bank zu tun; und wenn meine Schwester und ich unseren Vater kniefällig bitten wollten, so würde er uns vielleicht verzeihen; wir sollten auch eine Messe der Himmelskönigin lesen lassen ...

»Nun, geh doch, Väterchen, sprich mit ihm«, sagte sie, als man meinen Vater husten hörte. »Geh hin, sprich mit ihm und verbeuge dich vor ihm, der Kopf wird dir davon nicht abfallen.«

Ich ging. Der Vater saß schon am Tisch und zeichnete den Plan zu einer Villa mit gotischen Fenstern und einem dicken Turm, der wie ein Feuerwehrturm aussah, – es war furchtbar talentlos und trocken. Als ich in sein Zimmer trat, blieb ich so stehen, dass ich den Plan sehen konnte. Ich wusste nicht, weshalb ich zum Vater gekommen war, aber ich erinnere mich, dass ich beim Anblick seines mageren Gesichts, seines roten Halses und seines Schattens an der Wand ihm um den Hals fallen und mich vor ihm, wie mir Aksinja geraten, bis zum Boden verneigen wollte. Aber der Plan mit den gotischen Fenstern und dem dicken Turm hielt mich davon ab.

»Guten Abend«, sagte ich.

Er blickte mich an und senkte die Augen sofort wieder auf die Zeichnung.

»Was willst du?«, fragte er nach einer Weile.

»Ich bin gekommen, um Ihnen zu sagen, dass meine Schwester schwer krank ist. Sie wird bald sterben«, fügte ich mit dumpfer Stimme hinzu.

»Was soll ich dazu sagen?«, seufzte der Vater. Dann nahm er die Brille ab und legte sie auf den Tisch. »Was man sät, das erntet man. Was man sät«, wiederholte er, vom Tische aufstehend, »das erntet man. Ich bitte dich, erinnere dich nur, wie du vor zwei Jahren zu mir kamst und wie ich dich hier auf dieser selben Stelle gebeten habe, deine Verirrungen zu bereuen, und zu dir von deiner Schuldigkeit, von der Ehre und von den Pflichten gegen deine Ahnen gesprochen habe, deren Traditionen wir heilig halten müssen. Hast du auf mich gehört? Du hast meine Ratschläge verachtet und hast an deinen falschen Anschauungen hartnäckig festgehalten; und noch mehr als das: Du hast auch deine Schwester in deine Verirrungen hineingezogen und sie gezwungen, Moral und Scham aufzugeben. Nun geht es euch beiden schlecht. Was soll ich dazu sagen? Was man sät, das erntet man!«

Als er das sagte, ging er in seinem Zimmer auf und ab. Wahrscheinlich glaubte er, ich sei zu ihm gekommen, um meine Schuld zu bekennen; wahrscheinlich erwartete er, ich würde für mich und für meine Schwester bitten. Mich fröstelte, ich zitterte wie im Fieber, und ich sagte heiser mit großer Mühe:

»Auch ich bitte Sie, sich daran zu erinnern, dass ich Sie an dieser selben Stelle angefleht habe, mich zu verstehen, sich in mich einzufühlen und zusammen mit mir die Frage zu untersuchen, wie und wofür wir leben sollen; als Antwort brachten Sie aber die Rede auf die Ahnen und auf den Großvater, der Verse geschrieben hat. Jetzt erzähle ich Ihnen, dass Ihre einzige Tochter sterben muss, und Sie reden wieder von Ahnen und Traditionen. Wie leichtsinnig ist das doch in Ihrem Alter, wo der Tod nicht mehr fern ist, wo Sie nur noch fünf, höchstens zehn Jahre zu leben haben!«

»Wozu bist du hergekommen?«, fragte mein Vater streng. Er fühlte sich offenbar dadurch verletzt, dass ich ihm Leichtsinn vorgeworfen hatte.

»Ich weiß es nicht. Ich liebe Sie, es tut mir unaussprechlich leid, dass wir uns so fremd sind, – darum bin ich gekommen. Ich liebe Sie noch, aber meine Schwester hat sich von Ihnen endgültig losgerissen. Sie verzeiht nicht und wird es Ihnen nie verzeihen. Schon Ihr Namen allein weckt in ihr einen Ekel vor der Vergangenheit, vor dem Leben.«

»Und wer ist schuld?«, schrie der Vater. »Du bist selbst schuld, du Taugenichts!«

»Gut, nehmen wir an, dass ich schuld bin«, sagte ich. »Ich bekenne es, ich bin an vielem schuld; warum ist aber Ihr

Leben, das Sie auch uns aufdrängen wollen, so furchtbar langweilig, so geschmacklos, warum gibt es in allen den Häusern, die Sie in den dreißig Jahren erbaut haben, keinen Menschen, von dem ich lernen könnte, wie man leben soll, ohne Schuld auf sich zu laden? In der ganzen Stadt gibt es keinen einzigen ehrlichen Menschen! Alle Ihre Häuser sind verfluchte Nester, in denen die Mutter und die Töchter langsam hingemordet und die Kinder gequält werden ... Meine arme Mutter!«, fuhr ich verzweifelt fort. »Meine arme Schwester! Man muss sich ja mit Schnaps, Kartenspiel und Klatschereien betäuben, man muss heucheln und lügen oder jahrzehntelang Pläne zeichnen, um das Grauen nicht zu sehen, das in diesen Häusern wohnt. Unsere Stadt existiert schon seit Jahrhunderten und hat bisher dem Vaterlande noch keinen nützlichen Menschen geliefert, – keinen einzigen! Sie haben alles Lebensfähige, alles Originelle im Keime erstickt! Es ist eine Stadt der Krämer, der Schenker, der Kanzlisten, der Heuchler, eine unnütze, zwecklose Stadt, die keine Seele bedauern würde, wenn sie plötzlich in die Erde versänke.«

»Ich will dir nicht weiter zuhören, du Taugenichts!«, sagte mein Vater und nahm ein Lineal vom Tisch. »Du bist betrunken. Unterstehe dich nicht, in solchem Zustande vor deinen Vater zu treten! Ich sage es dir zum letzten Mal, und das sollst du auch deiner sittenlosen Schwester mitteilen, dass ihr von mir nichts bekommen werdet. Die widerspenstigen Kinder habe ich mir aus dem Herzen gerissen, und wenn sie unter ihrer Widerspenstigkeit leiden, so tun sie mir nicht leid. Du kannst gehen, woher du gekommen bist. Gott wollte mich durch euch strafen, und ich trage diese Prüfung in Demut und finde gleich Hiob Trost in meinen Leiden und in der Arbeit. Du darfst nicht über meine Schwelle treten, ehe du dich gebessert hast. Ich bin gerecht, alles, was ich sage, ist nützlich, und wenn du dir selbst Gutes willst, so musst du dein Leben lang daran denken, was ich dir gesagt habe und jetzt sage.«

Ich winkte mit der Hand und ging hinaus. Was ich in der Nacht und am anderen Tage getrieben habe, weiß ich nicht mehr.

Man sagt, ich sei ohne Mütze, taumelnd und laut singend, durch die Straßen gelaufen, von Jungen verfolgt, die mir nachgeschrien hätten:

»Kleiner Nutzen! Kleiner Nutzen!«

20

Wenn ich Lust hätte, mir einen Ring zu bestellen, so würde ich mir die Inschrift wählen: »Nichts vergeht«. Ich glaube, dass nichts spurlos vergeht und dass jeder kleinste Schritt eine Bedeutung für das gegenwärtige und für das zukünftige Leben hat.

Alles, was ich erlebt hatte, ging an mir nicht umsonst vorüber. Meine großen Leiden und meine Geduld haben die Herzen der Bürger gerührt und heute nennt mich niemand mehr »Kleiner Nutzen«, niemand lacht über mich, und, wenn ich durch den Markt gehe, begießt man mich nicht mehr mit Wasser. Alle haben sich schon daran gewöhnt, dass ich Arbeiter geworden bin und sehen nichts Merkwürdiges darin, dass ich, ein geborener Edelmann, Eimer mit Farbe herumschleppe und Scheiben einsetze; im Gegenteil, man gibt mir gerne Aufträge und hält mich für einen guten Meister und für den besten Unternehmer neben Rettich, der zwar gesund geworden ist und nach wie vor die Kirchenkuppeln ohne Gerüst anstreicht, aber nicht mehr die Kraft hat, mit seinen Gehilfen fertig zu werden; an seiner Stelle laufe ich jetzt auf der Suche nach Aufträgen herum, nehme Gesellen auf und entlasse sie wieder und leihe mir Geld gegen hohe Zinsen. Jetzt, wo ich selbst Unternehmer bin, kann ich es sehr gut begreifen, wie man wegen eines kleinen Auftrages drei Tage lang in der Stadt herumläuft, um Dachdecker zu suchen. Man behandelt mich höflich, sagt »Sie« zu mir und traktiert mich in den Häusern, wo ich arbeite, mit Tee oder lässt mich fragen, ob ich nicht zu Mittag mitessen möchte. Die Kinder und die jungen Mädchen kommen oft zu mir herein und schauen neugierig zu, wie ich arbeite.

Einmal arbeitete ich im Garten des Gouverneurs: Ich musste eine Laube anstreichen und marmorieren. Der Gouverneur kam auf seinem Spaziergange in die Laube und sprach mich aus Langweile an. Ich erinnerte ihn daran, wie er mich einst vorgeladen hatte. Er starrte mich eine Weile an, machte dann einen runden Mund und sagte:

»Ich erinnere mich nicht mehr!«

Ich bin alt geworden, bin schweigsam, ernst, streng, lache selten, und man sagt, dass ich Rettich ähnlich sähe und ebenso wie er meine Arbeiter mit nutzlosen Belehrungen langweile.

Maria Viktorowna, meine gewesene Frau, lebt im Auslande, und ihr Vater, der Ingenieur, baut irgendwo im Osten eine Eisenbahn und kauft dort Güter. Doktor Blagowo ist auch im Auslande. Dubetschnja gehört jetzt der Frau Tscheprakowa, die es vom Ingenieur mit zwanzig Prozent Nachlass gekauft hat. Moissej trägt bereits einen steifen Hut; er kommt oft in die Stadt in einem Rennwagen gefahren und hat irgendwelche Geschäfte auf der Bank. Man sagt, er hätte sich schon ein eigenes Gut gekauft und ziehe auf der Bank Erkundigungen wegen Dubetschnja ein, das er sich gleichfalls kaufen möchte. Der arme Iwan Tscheprakow trieb sich lange arbeitslos und versoffen in der Stadt herum. Ich versuchte, aus ihm einen Handwerker zu machen; eine Zeit lang strich er mit uns Dächer an, setzte Scheiben ein und stahl wie ein richtiger Maler Firnis, bettelte um Trinkgeld und soff. Die Arbeit machte ihm aber bald keinen Spaß mehr, und er kehrte nach Dubetschnja zurück; meine Arbeiter gestanden mir später, er hätte sie zu überreden versucht, nachts mit ihm zusammen den Moissej umzubringen und die Generalin zu berauben.

Mein Vater ist sehr alt geworden. Er geht gebückt und spaziert abends in der Nähe seines Hauses. Ich besuchte ihn nicht.

Prokofij hat in der Cholerazeit die Kaufleute mit Pfefferschnaps und Teer behandelt und sich dafür bezahlen lassen. Ich erfuhr aus der Zeitung, dass er mit Rutenhieben bestraft wurde, weil er sich in seinem Fleischladen abfällig über die Ärzte geäußert hatte. Sein Nikolka ist an der Cholera gestorben. Karpowna ist noch am Leben und liebt und fürchtet ihren Prokofij nach wie vor. Sooft sie mich sieht, schüttelt sie traurig den Kopf und seufzt:

»Verloren ist dein Kopf!«

An Wochentagen bin ich vom Morgen bis zum Abend beschäftigt. An Feiertagen nehme ich aber bei schönem Wetter meine kleine Nichte (meine Schwester hatte einen Jungen erwartet, aber ein Mädchen bekommen) auf den Arm und gehe auf den Friedhof. Dort stehe oder sitze ich und blicke lange auf das mir teure Grab und sage der Kleinen, dass hier ihre Mama liegt.

Am Grabe treffe ich manchmal Anjuta Blagowo. Wir begrüßen uns und stehen stumm da, oder sprechen von Kleopatra, von ihrem Mädchen, und wie traurig dieses Leben sei. Wenn wir dann den Friedhof verlassen, verlangsamt sie absichtlich die Schritte, um möglichst lange mit mir zusammengehen zu können. Die Kleine ist vergnügt und glücklich, sie kneift die Äuglein vor dem grellen Sonnenlichte zusammen und streckt lachend ihre Händchen nach ihr aus, und wir bleiben stehen und liebkosen das liebe Kind.

Wenn wir aber in die Stadt kommen, wird Anjuta aufgeregt und rot; sie verabschiedet sich von mir und setzt solid und streng ihren Weg allein fort ... Und keiner von den Vorübergehenden wird ihr ansehen, dass sie soeben neben mir gegangen ist und sogar das Kind liebkost hat.

Das Ende des Komödianten[2]

Der Heldenvater und Bonvivant Tschipzow, ein hochgewachsener, vierschrötiger Mann, der nicht nur wegen seines Bühnentalents, sondern auch seiner ungewöhnlichen physischen Kraft wegen berühmt war, hatte sich während der Vorstellung mit dem Direktor gezankt und mitten in der hitzigsten Schimpferei auf einmal gespürt, wie ihm in der Brust etwas zerrissen war. Gewöhnlich fing der Direktor am Schlusse jeder solchen erregten Auseinandersetzung hysterisch zu lachen an und fiel dann in Ohnmacht, heute aber hatte Tschipzow dieses Ende der Diskussion nicht abgewartet, sondern hatte gemacht, dass er heimkam. Der Zank und das Gefühl dieses Risses in der Brust hatten ihn so aufgeregt, dass er vergessen hatte, sich vor dem Verlassen des Theaters abzuschminken. Nur den Bart hatte er sich abgerissen.

In seinem Hotelzimmer ging Tschipzow lange auf und ab, aus einer Ecke in die andere, dann setzte er sich auf das Bett, stützte den Kopf in die Fäuste und verfiel in Gedanken. So saß er, ohne sich zu rühren oder einen Laut auszustoßen, bis zum folgenden Tag um zwei Uhr, wo der Komiker Sigajew zu ihm hereinkam.

»Du, Hanswurst Iwanowitsch, warum warst du nicht auf der Probe?«, stürzte der Komiker auf ihn los, er atmete asthmatisch und verbreitete einen scharfen Branntweindunst im Zimmer. »Wo hast du gesteckt?«

Tschipzow antwortete nicht, sondern starrte den Komiker nur mit trüben, umschminkten Augen an.

»Wenn er sich nur die Fresse gewaschen hätte!«, fuhr Sigajew fort: »Schäm dich! Vollgesoffen hat er sich, oder ... bist du krank, was? Ja, warum sagst du denn nichts? Ich frag dich, ob du krank bist?«

---

[2] Übersetzt von Korfiz Holm.

Tschipzow schwieg. So verschmiert sein Gesicht auch war, als der Komiker näher zusah, konnte er nicht umhin, seine erschreckende Blässe, den kalten Schweiß und das Zittern seiner Lippen zu bemerken. Seine Arme und Beine zitterten ebenfalls, und der ganze kolossale Körper des riesigen Bonvivants schien gewissermaßen verknüllt, flach gedrückt. Der Komiker sah sich schnell im Zimmer um, aber er erblickte weder Gläser noch Flaschen noch sonst welche verdächtigen Gefäße.

»Also, Mischutka, du bist krank!«, sagte er aufgeregt. »Straf mich Gott, du bist krank! Du hast ja gar kein richtiges Gesicht!«

Tschipzow schwieg und sah niedergeschlagen zu Boden.

»Du musst dich erkältet haben!«, fuhr Sigajew fort und fasste seine Hand, »was für heiße Hände du hast! Was tut dir denn weh?«

»I–ich will nach Hau–Hause«, murmelte Tschipzow.

»Ja, bist du denn vielleicht nicht zu Hause?«

»Nein ... Nach Wjasma ...«

»O je, was du dir ausdenkst! Nach Wjasma kommst du in drei Jahren nicht ... Was, zu Papa und Mama will er? Du lieber Gott, die sind dir längst verfault, nicht mal ihre Gräber wirst du finden können ...«

»Es ist meine Hei–Heimat ...«

»Na, na, werd' nur nicht so melancholisch. Das sind so psychopathische Gefühle, alter Freund, lass das ... Werd' gesund, morgen musst du im ›Knjas Serebjannyj‹ den Mitjka spielen. Es ist ja kein anderer da. Trink was Heißes und nimm Rizinusöl. Hast du Geld zu Rizinusöl? Oder wart' mal, ich laufe und hol' dir welches.«

Der Komiker suchte in seinen Taschen, fand fünfzehn Kopeken und lief in die Apotheke. Nach einer Viertelstunde kam er wieder.

»Na, trink!«, sagte er und hielt dem Heldenvater das Fläschchen an den Mund: »Gleich aus der Buddel ... Mit einem Ruck! So ... Und jetzt iss mal eine Gewürznelke, damit dir von dem Dreck nicht übel wird.«

Der Komiker saß noch eine Zeit lang beim Kranken, dann küsste er ihn zärtlich und ging. Gegen Abend sprach der erste Liebhaber, Brahma-Glinskij, bei Tschipzow vor. Dieser talentvolle Künstler hatte Halbschuhe mit Tucheinsätzen an den Füssen, auf der linken Hand trug er einen Handschuh, er rauchte eine Zigarette und hatte sogar einen Heliotropduft an sich, sah aber nichtsdestoweniger sehr einem Reisenden ähnlich, der in ein Land verschlagen ist, wo es weder Badeanstalten, noch Waschfrauen, noch Schneider gibt ...

»Du bist krank, hör' ich«, so wandte er sich an Tschipzow und drehte sich auf dem Absatz herum. »Was ist dir? Ja, zum Kuckuck, was ist dir?«

Tschipzow schwieg und rührte sich nicht.

»Warum sagst du nichts? Ist dir schwindlig im Kopf? Was? Na, schweig' meinetwegen, ich sage gar nichts ... Schweig ...«

Brahma-Glinskij (so heißt er auf dem Theater, in seinem Pass figuriert der Name Gussjkow) ging zum Fenster, steckte die Hände in die Hosentaschen und schaute auf die Straße hinaus. Vor seinen Augen breitete sich ein großer freier Platz, von einem grauen Zaun umgeben, an dem sich ein ganzer Wald von vorjährigen Klettenstauden entlang zog. Hinter dem freien Platz sah man eine dunkle, verfallene Fabrik mit dicht vernagelten Fenstern. Um den Schornstein zog eine verspätete Dohle ihre Kreise. Über dies ganze langweilige, unbelebte Bild legte sich schon langsam die Abenddämmerung.

»Nach Hause will ich!«, hörte der jugendliche Liebhaber.

»Wohin? Nach Hause?«

»Nach Wjasma ... in meine Heimat... .«

»Bis Wjasma sind's fünfzehnhundert Werst... .«, seufzte Brahma-Glinskij und trommelte auf den Scheiben. »Was willst du denn in Wjasma?«

»Dort möchte ich sterben... .«

»Aha, das fehlte grade! Was du dir ausdenkst! Zum ersten Mal im Leben ist er krank, und gleich bildet er sich ein, jetzt ist der Tod da ... Nein, Freundchen, so einen Büffel wie dich kriegt keine Cholera klein. Hundert Jahre wirst du mindestens ... Was tut dir denn weh?«

»Weh tut mir nichts, aber ich fühl' es ...«

»Nichts fühlst du. Das ist alles nur überschüssige Gesundheit. Die Kräfte rumoren in dir. Du solltest dich tüchtig bekneipen, so saufen, weißt du, dass deine ganze Natur sich umdreht. Der Suff ist was wunderbar Erfrischendes ... Weißt du noch, wie du dich in Rostow am Don vollgenommen hattest? Herr, du mein Gott, ich denke mit Schrecken zurück! Das Fässchen mit dem Branntwein konnten Sascha und ich zu zweit mit Mühe hereinschleppen, und du trankst es allein aus, und dann ließt du noch Rum holen ... Du warst so voll, dass du mit einem Sack Teufel fingst und eine Gaslaterne mit der Wurzel ausrissest. Weißt du noch? Und dann gingst du noch, Griechen verprügeln ...«

Unter dem Einfluss so angenehmer Erinnerungen hellte sich Tschipzows Gesicht ein wenig auf, und seine Augen fingen zu blitzen an.

»Aber weißt du noch, wie ich den Direktor Sawoitin durchgehauen habe?«, murmelte er und hob den Kopf. »Aber das ist ja nicht der Rede wert! Dreiunddreißig Theaterdirektoren hab' ich in meinem Leben verhauen, und was so Leute zweiter Güte angeht, da weiß ich selbst nicht mehr, wie viel. Und was für Direktoren hab' ich gehauen! Kerle, wo der Wind Angst hatte, sie anzublasen! Zwei berühmte Schriftsteller hab' ich durchgehauen, und einen Kunstmaler!«

»Warum weinst du denn?«

»In Chersson hab' ich einen Gaul mit der bloßen Faust erschlagen. Und in Taganrog überfielen mich mal in der Nacht Strolche, fünfzehn Stück. Ich nahm ihnen einfach die Mützen weg, und sie liefen hinter mir her und baten: ›Gnädiger Herr, gib uns unsere Mützen wieder.‹ Ja, das haben wir alles mitgemacht.«

»Was weinst du denn, Schaf?«

»Aber jetzt: matsch ... Ich fühl's. Nach Wjasma möchte ich!«

Es trat eine Pause ein. Nach einem kurzen Schweigen sprang Tschipzow plötzlich auf und griff nach seiner Mütze. Er sah verwirrt aus.

»Adieu! Ich fahr' nach Wjasma!«, sagte er und taumelte.

»Und das Reisegeld?«

»Hm! ... Ich geh' zu Fuß!«

»Du bist ja duselig ...«

Sie sahen einander an, wahrscheinlich, weil in ihren Köpfen auf einmal derselbe Gedanke auftauchte ... Der Gedanke an unübersehbare Felder, unendliche Wälder, Sümpfe.

»Du bist ja übergeschnappt, scheint's!«, entschied der jugendliche Liebhaber. »Weißt du was, Freundchen ... Jetzt leg dich vor allen Dingen hin, und dann trink Kognak mit Tee, das treibt den Schweiß heraus. Na, und dann Rizinusöl, selbstverständlich. Wart' mal, wo kriegen wir nur Kognak her?«

Brahma-Glinskij überlegte und beschloss, in den Laden der Frau Zitrinnikow zu gehen und bei ihr wegen des Kredits auf den Busch zu klopfen: Vielleicht würde das Frauenzimmer Mitleid haben und ihn auf Borg hergeben! Der jugendliche Liebhaber ging und kehrte nach einer halben Stunde mit einer Flasche Kognak und Rizinusöl zurück. Tschipzow saß nach wie vor unbeweglich auf dem Bett, schwieg und starrte auf den Boden. Das Rizinusöl, das sein Kollege ihm anbot, trank er wie ein Automat, ohne dass es ihm zum Bewusstsein gekommen wäre. Wie ein Automat saß er hernach am Tisch und trank Tee mit Kognak. Mechanisch trank er die ganze Flasche leer und ließ sich von seinem Kollegen zu Bett bringen. Der jugendliche Liebhaber deckte ihn mit der Decke und seinem Mantel zu, empfahl ihm, tüchtig zu schwitzen, und ging.

Die Nacht kam. Tschipzow hatte eine ganze Menge Kognak getrunken, schlafen konnte er aber nicht. Er lag unbeweglich unter seinen Hüllen und schaute zur dunklen Decke hinauf. Dann erblickte er den Mond, der ins Fenster schien, und wandte die Augen von der Decke auf den Trabanten der Erde und lag so mit offenen Augen bis zum Morgen. Am Morgen, um neun, stürmte der Direktor Schukow herein.

»Wie, mein Engel, Sie sind nicht wohl?«, gackerte er los und machte eine krause Nase. »Oh, oh! Kann man mit so einer Natur überhaupt unwohl sein? Ob, oh, schämen Sie sich! Und ich hab' mich erschreckt, müssen Sie wissen! Am Ende hab' ich mir gedacht, hat unser Zwist ihn so mitgenommen? Teuerster, ich hoffe, dass ich es nicht war, der Sie krank gemacht hat! Sehen Sie, und Sie haben mir ja auch, gewissermaßen ... Und außerdem geht's ohne das unter Kollegen mal überhaupt nicht ab. Sie haben mich ja auch geschimpft und ... und sind mit den Fäusten auf mich los, aber ich, ich hab' Sie gern! Bei Gott, ich hab' Sie gern! Ich schätze Sie sehr und hab' Sie gern! Na, sagen Sie doch selbst, warum ich Sie so gern habe? Sie sind mit mir weder verwandt, noch verschwägert oder verheiratet, aber wie ich hörte, Sie wären unwohl, ist es mir durch und durch gegangen, wie ein Messer.«

Schukow erklärte ausführlich seine Zuneigung, dann küsste er ihn, und schließlich ging sein Gefühl ganz mit ihm durch, sodass er hysterisch zu lachen anfing und sogar beabsichtigte, in Ohnmacht zu fallen. Aber es fiel ihm wohl ein, dass er weder bei sich zu Hause noch im Theater war, und so verschob er die Ohnmacht auf eine passendere Gelegenheit und fuhr ab.

Bald nach ihm erschien der erste Held, Adabaschew, ein finsterer, halb blinder Mensch, der durch die Nase sprach ... Er schaute Tschipzow lange an, dachte lange nach und machte dann plötzlich folgende Entdeckung:

»Weißt du was, Misa«, er sagte Misa statt Mischa und gab seinem Gesicht einen geheimnisvollen Ausdruck. »Weißt du was?! Du musst Rizinusöl einnehmen!!«

Tschipzow schwieg. Er schwieg auch, als ihm der erste Held bald darauf das widerliche Öl in den Mund goss. Zwei Stunden nach Adabaschew trat der Theaterfriseur Jewlampij ins Zimmer, oder, wie ihn die Schauspieler, Gott weiß, weshalb, nannten: Rigoletto. Wie der erste Held schaute er Tschipzow lange an, dann seufzte er wie eine Lokomotive, und begann langsam und bedächtig das Bündel aufzuknoten, das er mitgebracht hatte. In dem Bündel befanden sich etwa zwei Dutzend Schröpfköpfe und einige Fläschchen.

»Hätten Sie mich doch rufen lassen, dann hätte ich Sie längst geschröpft!«, sagte er zärtlich und entblößte Tschipzows Brust. »Man darf die Krankheit nicht einreißen lassen!«

Hierauf strich Rigoletto mit der flachen Hand über die breite Brust des Heldenvaters und besäte sie von oben bis unten mit blutsaugenden Schröpfköpfen.

»Ja«, sagte er, während er nach dieser Operation seine von Tschipzows Blute befleckten Instrumente wieder in das Bündel packte. »Hätten Sie nur nach mir geschickt, ich wäre schon gekommen ... Wegen der Bezahlung brauchen Sie sich keine Sorgen zu machen ... Ich tu's aus Menschlichkeit ... Wo sollen Sie's hernehmen, wenn dieses Ungeheuer keine Gagen zahlen will? Jetzt seien Sie so gut und nehmen Sie diese Tropfen. Sie schmecken sehr gut! Und jetzt trinken Sie, bitte, ein bisschen Öl. Das reinste Rizinusöl. So! Prost! Und jetzt leben Sie wohl ...«

Rigoletto nahm sein Bündel und entfernte sich, zufrieden mit dem Werk seiner Nächstenliebe.

Am Morgen des nächsten Tages kam der Komiker Sigajew zu Tschipzow und traf ihn im schrecklichsten Zustande. Er lag, mit seinem Paletot zugedeckt, atmete schwer und ließ seine irren Augen über die Decke schweifen. In den Händen knutschte er krampfhaft die zusammengeknüllte Bettdecke.

»Nach Wjasma!«, flüsterte er, als er den Komiker erblickte: »Nach Wjasma!«

»Freundchen, ich muss wirklich sagen, das gefällt mir nicht«, sagte der Komiker, lebhaft mit den Händen gestikulierend, »sieh mal ... sieh mal ... sieh mal, Freundchen, das ist nicht gut! Entschuldige, aber ... wahrhaftig, das ist sogar dumm ...«

»Nach Wjasma will ich! Bei Gott, nach Wjasma!«

»Ich ... Das hätte ich nicht von dir erwartet!«, knurrte der Komiker ganz fassungslos. »Weiss der Teufel! Was hat dich so kaputt gemacht! Äh ... äh ... äh ... das ist nicht gut! Ein Riese, lang wie ein Leuchtturm, und heult. Kann ein Komödienspieler überhaupt weinen?«

»Keine Frau, keine Kinder«, murmelte Tschipzow, »wär' ich doch nie zum Theater gegangen, wär' ich in Wjasma geblieben! Das Leben ist hin, Semjon! Ach, ich möchte nach Wjasma!«

»Äh ... äh ... äh ... das ist nicht gut! Das ist sogar dumm ... ja, es ist ekelhaft!«

Sigajew beruhigte sich dann, brachte Ordnung in seine Gefühle und begann Tschipzow zu trösten. Er log ihm vor, die Kollegen wollten ihn auf gemeinsame Kosten in die Krim schicken, und so weiter. Aber der andere hörte nicht zu und murmelte immer wieder was von Wjasma ... Endlich machte der Komiker eine wegwerfende Handbewegung und fing selbst an, von Wjasma zu sprechen, um den Kranken zu beruhigen.

»Eine schöne Stadt!«, begütigte er: »Eine herrliche Stadt, alter Freund! Berühmt durch ihre Pfefferkuchen. Die Pfefferkuchen sind klassisch, aber mit Respekt zu sagen – ich habe gewissermaßen zu viel davon gegessen. Nachher war mir eine ganze Woche so gewissermaßen ... Aber was da gut war, das war der Kaufmann. Das ist der Kaufmann aller Kaufleute. Wenn der einen frei hält, hält er einen auch frei!«

Der Komiker sprach, und Tschipzow schwieg, lauschte ihm und nickte zustimmend mit dem Kopf.

Gegen Abend starb er.

Im Alter[3]

Der Architekt Staatsrat Uselkow war in seine Vaterstadt gekommen, wohin man ihn zur Restaurierung der Friedhofskirche berufen hatte. In dieser Stadt war er geboren, hatte dort die Schule besucht und endlich sich verheiratet, aber als er aus dem Waggon gestiegen war, erkannte er die Stadt kaum. Alles hatte sich verändert ... Vor achtzehn Jahren, als er nach Petersburg übersiedelte, da fingen z. B. auf dem Platz, wo jetzt der Bahnhof steht, die Knaben Hamster; jetzt erhebt sich an der Einfahrt zur Hauptstraße das »Grand-Hotel Vienne«, und früher stand an dieser Stelle ein hässlicher, grauer Zaun. Aber nichts, weder der Zaun noch die Häuser, hatte sich so verändert, als die Menschen. Eine Ausfrage des Hotelkellners belehrte ihn, dass die Hälfte der Menschen, die er gekannt hatte, gestorben, verarmt und vergessen war.

»Erinnerst du dich Uselkows?«, fragte er den alten Kellner nach sich selbst. »Uselkows, des Architekten, der sich von seiner Frau scheiden ließ ... Er hatte noch ein Haus in der Swirejebewstraße ... Du erinnerst dich doch ...«

»Nein ...«

»Ach, wieso denn! Es war doch eine Geschichte, von der alle Droschkenkutscher sprachen. Denk' mal nach! Den Prozess führte der Anwalt Schapkin, ein Spitzbube ... ein bekannter Falschspieler, derselbe, der einmal im Klub durchgeprügelt wurde ...«

»Iwan Nikolajewitsch?«

»Nun natürlich ... Lebt er noch? Ist er tot?«

---

[3] Übersetzt von Wladimir Czumikow.

»Der Herr lebt gottlob noch ... Ist jetzt Notar, hat ein Büro ... Führt ein schönes Leben ... Zwei Häuser in der Kirpitschnajastrasse ... Hat kürzlich seine Tochter verheiratet ...«

Uselkow ging einige Mal im Zimmer auf und ab, überlegte sich's und beschloss aus Langweile, Schapkin aufzusuchen. Es war gegen Mittag, als er das Gasthaus verließ und seine Schritte in die Kirpitschnaja lenkte. Schapkin traf er am Bureau und erkannte ihn kaum. Aus einem schlanken, gewandten Anwalt, mit einer beweglichen, frechen, ewig betrunkenen Physiognomie, hatte Schapkin sich in einen bescheidenen, silberhaarigen, gebrechlichen Greis verwandelt.

»Sie erkennen mich wohl nicht ...«, begann Uselkow. »Ich bin Ihr ehemaliger Klient, Uselkow ...«

»Uselkow? Was für ein Uselkow? Ah!«

Schapkin erkannte ihn und war vor Freude ganz hin. Ausrufe, Fragen, Erinnerungen wechselten miteinander.

»Das hätte ich nie erwartet! Nie geglaubt!«, gackerte Schapkin. »Was soll ich Ihnen denn vorsetzen? Wünschen Sie Sekt? Austern vielleicht? Mein Bester, ich habe Ihnen seinerzeit viel Geld abgenommen, dass ich gar nicht weiß, womit ich Sie bewirten soll ...«

»Bitte, beunruhigen Sie sich nicht«, sagte Uselkow »Ich habe Eile ... Ich muss gleich auf den Friedhof fahren, um die Kirche in Augenschein zu nehmen ... Ich habe einen Auftrag erhalten ...«

»Vorzüglich. Wir frühstücken, trinken ein Schnäpschen und fahren dann zusammen! Ich habe vortreffliche Pferde! Ich werde Sie hinbringen und mit dem Vorsteher bekannt machen ... Ich werde Ihnen schon alles einrichten ... Aber was haben Sie denn, mein Lieber, es ist, als ob Sie mir aus dem Wege gingen, mich fürchteten? Setzen Sie sich doch näher! Jetzt braucht man nicht mehr zu fürchten ... Hehe ... Früher, da war ich wirklich ein fixer Junge, ein Teufelskerl ... niemand durfte mir zu nahe treten ... Jetzt aber ... jetzt bin ich ein stiller Mann; bin alt geworden, hab' Familie, Kinder ... Zum Sterben ist's auch bald Zeit!«

Nachdem die Freunde gefrühstückt hatten, fuhren sie im zweispännigen Schlitten hinaus auf den Friedhof.

»Ja, das war damals eine Zeit!«, frischte Schapkin, sich zurecht setzend, seine Erinnerungen auf. »Man glaubt's kaum, wenn man daran denkt. Erinnern Sie sich noch, wie Sie sich von Ihrer Frau Gemahlin scheiden ließen? Es sind jetzt schon fast zwanzig Jahre her, und Sie haben wohl alles vergessen, ich weiß aber noch das Kleinste so genau, als hätte ich Sie gestern geschieden ... Herr, du mein Gott, was hab' ich mir damals das Blut verdorben! Ein gewandter Kerl war ich, ein Kasuist, wie ein Haken, ein verzweifeltes Subjekt... Ich guckte mir die Augen aus nach irgend so einem verzwickten Prozess, besonders wo es ein gutes Honorar gab, wie z. B. in Ihrer Sache ... Was zahlten Sie mir doch damals? Fünf- bis sechstausend! Wie soll man sich da schonen? Sie fuhren damals nach Petersburg und überließen mir die ganze Sache: Mach', wie du's weißt. Ihre selige Frau Gemahlin aber, Sofja Michailowna, war, wenn auch aus einer Kaufmannsfamilie, doch stolz und voll Selbstbewusstsein. Sie zu bestechen, dass sie die Schuld auf sich nahm, war schwer ... furchtbar schwer! Manchmal, wenn ich zu ihr zur Besprechung hinging, schrie sie, wenn sie mich erblickte, zur Kammerjunkerin:›Mascha, ich habe dir doch befohlen, diesen Schuft nicht zu empfangen!‹ Ich versuchte es so und so, auf jede Weise ... schrieb ihr Briefe, suchte sie wie zufällig zu treffen – alles vergeblich! Es war nicht anders möglich, als durch eine dritte Person zu unterhandeln ... Lange habe ich mich mit ihr herumgeplagt, und nur als Sie sich bereit erklärten, ihr zehntausend Rubel zu geben, ergab sie sich ... Zehntausend – da konnte sie nicht widerstehen ... Sie brach in Tränen aus, spuckte mir ins Gesicht, aber ging doch darauf ein und nahm die Schuld auf sich!«

»Sie bekam, glaub' ich, von mir nicht zehn, sondern fünfzehntausend!«, murmelte Uselkow.

»Ja, ja ... fünfzehn, ich hab' mich versprochen!«, antwortete Schapkin verwirrt. »Übrigens ist es ja vorjähriger Schnee, was soll man da die Sünde hehlen. Ihr gab ich zehntausend und die übrigen fünf grapste ich mir ... Sie beide hab' ich betrogen ... 's ist ja verjährt, was braucht man sich da zu schämen ... Und von wem sollte ich schließlich denn auch nehmen, Boris Petrowitsch, wenn nicht von Ihnen, urteilen Sie selbst! ... Sie waren ein reicher, satter Mensch ... Vor Sättigkeit heirateten Sie, vor Sättigkeit ließen Sie sich scheiden ... Ihre Einnahmen waren ja kolossal ... Ich erinnere mich, bei einem Unternehmen steckten Sie zwanzigtausend ein ... Von wem sollte man es also nehmen, wenn nicht von Ihnen? Aufrichtig gesagt, quälte einen auch der Neid ... Kriegten Sie mal einen fetten Bissen, so gab's hernach Ehren und Hochachtung, mich aber prügelte man für ein paar Rubel und gab mir im Klub Ohrfeigen ... Was soll man es übrigens auffrischen! Es wird Zeit, das zu vergessen ...«

»Sagen Sie, bitte, wie lebte denn Sofja Michailowna hernach?«

»Mit den zehntausend? Schwachsinn ... Gott weiß, ob sie toll wurde, oder ob sie der Stolz und das Gewissen zu quälen begannen, dass sie sich für das Geld verkauft hatte, oder ob sie Sie geliebt hat – aber sie fing an zu trinken ... Kaum hatte sie das Geld erhalten, als sie auf Troikas mit Offizieren herumzufahren begann ... Trinkgelage, Orgien, Liederlichkeit ... Und wenn sie so mit den Offizieren im Restaurant saß, trank sie nicht etwa was Leichtes, wie Portwein oder so, sondern Kognak, dass es gleich brannte und berauschte.«

»Ja, sie war sehr exzentrisch ... Ich habe daran genug zu leiden gehabt ... Wenn sie sich mal gekränkt fühlte und mit ihren Nerven anfing ... Und was wurde denn dann?«

»Es verging eine Woche, die andere ... Ich saß zu Hause und schrieb gerade etwas ... Plötzlich öffnete sich die Tür und herein kommt sie ... betrunken ... ›Nehmen Sie‹, sagt sie, ›Ihr verruchtes Geld zurück!‹ und wirft mir damit das Päckchen ins Gesicht. Konnte es also nicht aushalten! Ich nahm das Geld auf, zählte es ... Fünfhundert fehlten ... Mehr als das hatte sie noch nicht durchbringen können ...«

»Was taten Sie denn mit dem Gelde?«

»Na, 's ist ja verjährt ... was braucht man's zu verheimlichen ... Natürlich behielt ich's! Was sehen Sie mich so an? Warten Sie, was weiter kommt ... Ein ganzer Roman, Psychiatrie! So ungefähr zwei Monate später komm' ich mal nachts nach Hause, betrunken, scheußlich ... Ich zünde das Licht an und sehe, bei mir auf dem Sofa sitzt Sofja Michailowna, auch betrunken, zerzaust, wild, wie aus dem Irrenhaus entsprungen ... ›Geben Sie‹, sagt sie, ›mir mein Geld zurück, ich hab' mich bedacht. Soll man schon sinken, dann wenigstens mit Wucht, wenn schon, denn schon! Rühren Sie sich, Sie Schuft, das Geld her!‹ Schrecklich!«

»Und Sie ... gaben es?«

»Ja, zehn Rubel glaub' ich ...«

»Ah, wie kann man nur?«, rief voll Entsetzen und Ekel Uselkow. – »Wenn Sie selbst nicht konnten oder wollten, hätten Sie doch wenigstens mir geschrieben ... Und ich hab' es nicht gewusst? Ah, nicht gewusst!«

»Ja, mein Lieber, zu was sollte ich Ihnen denn schreiben, wenn sie Ihnen selbst schrieb, später, als sie im Hospital lag?«

»Übrigens war ich damals so sehr mit meiner neuen Ehe beschäftigt, so berauscht, hatte was anderes als Briefe im Kopf ... Aber Sie, ein fremder Mensch, konnten Sofja gegenüber keine Antipathie empfinden ... warum reichten Sie ihr nicht die Hand?«

»Mit der jetzigen Elle dürfen wir nicht messen, Boris Petrowitsch ... Jetzt denken wir so, und damals dachten wir ganz anders ... Jetzt hätte ich ihr vielleicht tausend Rubel gegeben, damals gab ich aber auch die zehn ... nicht umsonst ... Eine hässliche Geschichte ... Man muss sie vergessen ... Da sind wir ja schon ...«

Der Schlitten hielt am Friedhofstor. Uselkow und Schapkin stiegen aus, gingen durchs Tor hinein und schritten eine lange breite Allee entlang ... Die nackten Akazien und Kirschenbäume, die grauen Kreuze und Grabsteine glänzten in silbernen Reifgewand. Aus jeder Schneeflocke strahlte ihnen der sonnige Tag entgegen ... Es duftete wie auf allen russischen Kirchhöfen: nach Weihrauch und frisch gegrabener Erde...

»Einen netten Friedhof haben wir!«, sagte Uselkow. »Wie ein Garten!«

»Ja, nur schade, dass die Diebe die Grabdenkmäler wegstehlen ... Sehen Sie dort unter jenem Eisenkranz, rechts ist Sofja Michailowna beerdigt! Wollen Sie hingehen?«

Die Freunde bogen rechts ein und schritten durch den tiefen Schnee auf das Grabmal zu.

»Hier ...«, sagte Schapkin, einen kleinen Leichenstein aus weißem Marmor bezeichnend ... »Irgendein Fähnrich hat ihn auf ihr Grab gesetzt ...«

Uselkow nahm langsam seine Mütze ab und zeigte der Sonne seine Glatze. Ihm nach nahm auch Schapkin die Mütze ab, und eine zweite Glatze erglänzte in der Sonne. Ringsum eine Grabesstille, als wäre auch die Luft tot ... Die Freunde starrten das Denkmal an und schwiegen, in Gedanken versunken.

»Ja«, unterbrach Schapkin das Schweigen, »so schläft sie nun, – und was kümmert's Sie jetzt, dass sie die Schuld auf sich genommen hat und Kognak getrunken hat. Gestehen Sie, Boris Petrowitsch!«

»Was denn?«, fragte finster Uselkow.

»Das ... wie schlimm auch die Vergangenheit ist, ist sie immer besser, als dieses hier ...«

Und Schapkin wies auf sein Greisenhaar.

»Früher, wer dachte da an die Todesstunde? Vor nichts hatte man Angst – vor dem Tode am wenigsten ... Und jetzt ... na, lassen wir's!«

Uselkow wurde traurig. Er wollte weinen, so leidenschaftlich, wie er einst lieben wollte ... Und er fühlte, dass für ihn das Weinen gut und erfrischend gewesen wäre ... Die Augen waren ihm feucht, und im Halse zog es sich schon zusammen, aber ... nebenan stand Schapkin, und Uselkow schämte sich, einen Zeugen seiner Kleinmütigkeit zu haben. Er kehrte sich hastig um und schritt auf die Kirche zu.

Erst zwei Stunden später, nachdem er mit dem Vorsteher sich auseinandergesetzt hatte, benutzte er die Gelegenheit, dass Schapkin sich in ein Gespräch mit dem Geistlichen vertiefte, und lief hin, um zu weinen.... Er stahl sich heimlich wie ein Dieb, immerfort umsehend, an das Grabmal heran. Melancholisch und trübe blickte auf ihn der kleine, weiße Leichenstein, und so unschuldsvoll, als wenn unter ihm ein kleines Mädchen und nicht eine liederliche, geschiedene Frau begraben wäre....

– Nur weinen, weinen! dachte Uselkow.

Aber der Moment dazu war verschwunden. Wie auch der Alte mit den Augen zwinkerte, wie sehr er sich auch auf Moll zu stimmen suchte, aber die Tränen wollten nicht rinnen, und die Kehle schnürte sich nicht mehr zusammen.... Nachdem Uselkow ungefähr zehn Minuten so da gestanden hatte, raffte er sich auf und ging, um Schapkin aufzusuchen.

Der Typhus[4]

Im Raucherabteil des Personenzuges, der aus Petersburg nach Moskau ging, saß der junge Oberleutnant Klimow. Sein Gegenüber war ein älterer Herr mit glatt rasiertem Seemannsgesicht, wohl ein vermögender Finne oder Schwede, der während der ganzen Fahrt an seiner Pfeife sog und immer über das gleiche Thema sprach:

»Ha, Sie sind Offizier! Auch mein Bruder ist Offizier, aber bei der Marine ... Er ist Seeoffizier und dient in Kronstadt. Wozu reisen Sie nach Moskau?«

»Ich diene in Moskau.«

»Ha! Haben Sie Familie?«

»Nein, ich wohne mit meiner Schwester und meiner Tante.«

»Auch mein Bruder ist Offizier, Seeoffizier, aber er ist verheiratet, er hat eine Frau und drei Kinder. Ha!«

Der Finne staunte über etwas, grinste idiotisch, so oft er sein »Ha!«, ausstieß, und blies jeden Augenblick seine übel riechende Pfeife aus. Klimow, der sich unwohl fühlte und dem es schwerfiel, alle die Fragen zu beantworten, hasste ihn mit ganzer Seele. Er dachte sich, wie gut es wäre, wenn man ihm die Pfeife aus der Hand reißen und unter die Bank werfen, und ihn selbst in ein anderes Abteil verjagen könnte.

– Ein ekelhaftes Volk sind diese Finnen und ... auch die Griechen, dachte er sich. – Ein ganz überflüssiges, ekelhaftes Volk, das kein Mensch braucht. Sie nehmen nur umsonst Platz auf dem Erdballe ein. Wozu sind sie überhaupt da? –

Der Gedanke an die Finnen und Griechen erregte in seinem ganzen Körper eine Art Übelkeit. Des Vergleichs halber wollte er nun an die Franzosen und Italiener denken, aber der Gedanke an diese Völker weckte in ihm nur die Vorstellung

---

[4] Übersetzt von Alexander Eliasberg.

von Leierkastenmännern, nackten Weibern und den ausländischen Öldrucken, wie sie seine Tante über der Kommode hängen hatte.

Der Offizier fühlte sich überhaupt nicht ganz normal. Seine Arme und Beine konnten auf dem Sofa nicht richtig Platz finden, obwohl es ihm ganz zur Verfügung stand; er hatte ein trockenes und klebriges Gefühl im Munde, und der Kopf war ihm mit einem schweren Nebel gefüllt; seine Gedanken regten sich, wie es ihm schien, nicht nur im Schädel, sondern auch außerhalb des Schädels, zwischen den Sofas und den in nächtliches Dunkel gehüllten Menschen. Durch den Nebel hindurch hörte er wie im Traum das Murmeln der Stimmen, das Klopfen der Räder und das Zuschlagen der Türen. Die Glockenzeichen, die Pfiffe der Schaffner, das Herumrennen des Publikums auf den Bahnsteigen waren viel öfter zu hören als gewöhnlich. Die Zeit flog schnell und unmerklich dahin, und darum schien es ihm, dass der Zug jede Minute an einer Station hielt, und jeden Augenblick hörte er die metallischen Stimmen:

»Ist die Post fertig?«

»Fertig!«

Es kam ihm vor, als ob der Heizer viel zu oft in den Wagen käme und auf das Thermometer schaue, als ob das Brausen der entgegenkommenden Züge und das Dröhnen der Räder auf den Brücken ununterbrochen zu hören wären. Der Lärm, die Pfiffe, der Finne, der Tabakrauch – alles vermischte sich mit den Drohungen und dem Winken nebliger Gestalten, auf deren Form und Charakter ein gesunder Mensch sich nicht besinnen kann, und lastete auf Klimow wie ein unerträglicher Alp. Von entsetzlichem Unlustgefühl bedrückt, hob er zuweilen den schweren Kopf, sah nach einer Laterne, in deren Lichte Schatten und Nebelflecke tanzten, und wollte um Wasser bitten, aber seine ausgetrocknete Zunge bewegte sich kaum, und er hatte fast nicht die Kraft, die Fragen des Finnen zu beantworten. Er versuchte, sich bequem auszustrecken und einzuschlafen, aber das gelang ihm nicht; der Finne schlief ein, erwachte, setzte seine Pfeife in Brand, wandte sich an ihn mit seinem »Ha!« und schlief wieder ein, und das wiederholte sich einige Mal, aber die Beine des Oberleutnants konnten noch immer nicht Platz auf dem Sofa finden, und die drohenden Gestalten standen immer vor seinen Augen.

In Spirowo ging er ins Stationsgebäude, um Wasser zu trinken. Er sah hier Leute am Tische sitzen und mit großer Eile essen.

– Wie können sie nur essen!, dachte er sich und gab sich Mühe, die Luft, die nach gebratenem Fleische roch, nicht einzuatmen und die kauenden Münder nicht zu sehen: Beides erschien ihm ekelerregend.

Eine hübsche Dame unterhielt sich laut mit einem Offizier in roter Mütze und zeigte beim Lächeln herrliche weiße Zähne; das Lächeln, die Zähne und die Dame selbst erregten in Klimow den gleichen Ekel wie der Schinken und die Kotelette. Er konnte nicht begreifen, wie der Offizier in roter Mütze den Mut hatte, an ihrer Seite zu sitzen und ihr blühendes, lächelndes Gesicht anzuschauen.

Er trank etwas Wasser, und als er in sein Abteil zurückkehrte, war der Finne wieder wach und rauchte. Seine Pfeife gab heisere, schluchzende Töne von sich wie ein durchlöcherter Gummischuh bei nassem Wetter.

»Ha!«, rief er erstaunt. »Was ist das für eine Station?«

»Ich weiß nicht«, antwortete Klimow. Er legte sich hin und schloss den Mund, um den beißenden Tabakrauch nicht atmen zu müssen.

»Und wann kommen wir nach Twer?«

»Ich weiß nicht. Entschuldigen Sie, ich ... ich, kann Ihnen keine Antwort geben. Ich bin krank, ich habe mich erkältet.«

Der Finne klopfte seine Pfeife am Fensterrahmen aus und begann von seinem Bruder, dem Seeoffizier zu erzählen.

Klimow hörte ihm nicht mehr zu und dachte mit Sehnsucht an sein weiches, bequemes Bett, an die Karaffe mit kaltem Wasser und an seine Schwester Katja, die es so gut versteht, ihn zu Bett zu bringen, zu beruhigen und ihm Wasser zu reichen. Er lächelte sogar, als er in Gedanken seinen Burschen Pawel sah, wie er ihm die schweren, drückenden Stiefel auszog und ein Glas Wasser auf das Nachttischchen stellte. Er glaubte, dass, wenn er sich bloß in sein Bett legen und etwas Wasser trinken könnte, der Alp einem tiefen, gesunden Schlafe Platz machen würde.

»Ist die Post fertig?«, fragte draußen eine dumpfe Stimme.

»Fertig!«, antwortete eine Bassstimme dicht vor dem Fenster.

Das war schon die zweite oder dritte Station nach Spirowo.

Die Zeit flog schnell, ruckweise dahin, und es war ihm, als ob die Glockenzeichen, Pfiffe und Haltestellen niemals aufhören würden. Klimow drückte das Gesicht voller Verzweiflung in eine Sofaecke, umfasste den Kopf mit beiden Händen und begann wieder an seine Schwester Katja und den Burschen Pawel zu denken; aber die Schwester und der Bursche vermischten sich mit den Nebelbildern und verschwanden. Sein heißer Atem wurde von der Sofalehne zurückgeworfen und versengte ihm das Gesicht, seine Beine lagen unbequem, aus dem Fenster zog es ihm in den Rücken, aber wie qualvoll seine Lage auch war, wollte er sie doch nicht mehr wechseln ... Eine schwere, unheimliche Faulheit bemächtigte sich seiner und fesselte seine Glieder.

Als er sich entschloss, den Kopf zu heben, war es im Wagen schon ganz hell. Die Passagiere zogen ihre Pelzmäntel an und bewegten sich hin und her. Der Zug hielt. Träger mit weißen Schürzen und Blechnummern an der Brust machten sich überall zu schaffen und griffen nach dem Gepäck. Klimow zog seinen Mantel an und ging mechanisch mit den anderen aus dem Wagen. Es schien ihm, als ob es gar nicht er sei, der da ging, sondern jemand anderer, Fremder, und er fühlte, dass zugleich mit ihm auch sein Fieber, sein Durst und die drohenden Gestalten, die ihn die ganze Nacht nicht hatten einschlafen lassen, aus dem Wagen gestiegen waren. Er holte mechanisch sein Gepäck und nahm sich eine Droschke. Der Droschkenkutscher verlangte von ihm in der Powarskajastraße einen Rubel fünfundzwanzig, er aber feilschte nicht und setzte sich gehorsam in den Schlitten. Den Unterschied zwischen den Zahlen verstand er noch, aber das Geld hatte für ihn gar keinen Wert mehr.

Zu Hause empfingen ihn die Tante und seine Schwester Katja, ein achtzehnjähriges junges Mädchen. Katja hielt bei der Begrüßung ein Heft und einen Bleistift in der Hand, und er erinnerte sich, dass sie sich zum Lehrerinnenexamen vorbereitete. Ohne die Fragen und Begrüßungen zu beantworten, ging er planlos durch alle Zimmer, dann zu seinem Bett und fiel mit dem Kopf in die Kissen. Der Finne, die rote Mütze, die Dame mit den weißen Zähnen, der Bratengeruch und die verschwimmenden Flecken füllten auf einmal sein ganzes Bewusstsein, und er wusste nicht mehr, wo er war, und hörte nicht die besorgten Stimmen.

Als er zu sich kam, sah er sich entkleidet in seinem Bette liegen, sah die Wasserkaraffe auf seinem Nachttisch und den Burschen Pawel, aber davon wurde es ihm weder kühler, noch weicher, noch bequemer. Beine und Arme wollten noch immer nicht richtig liegen, die Zunge klebte am Gaumen, und er hörte das Schmatzen der Pfeife ... Am Bette machte sich, den Burschen Pawel mit seinem breiten Rücken stoßend, der dicke, schwarzbärtige Hausarzt zu schaffen.

»Keine Sorge, junger Mann!«, murmelte er. »Sehr schön, sehr schön ... So, so ...«

Der Arzt nannte Klimow einen jungen Mann und sagte immer: so, so, und: ja, ja ...

»Ja, ja, ja«, schüttelte er nur so hin. »So, so ... Sehr schön, junger Mann ... Nur nicht den Mut verlieren!«

Das schnelle, unhöfliche Gerede des Doktors, sein sattes Gesicht und die herablassende Anrede »junger Mann« brachten Klimow außer sich.

»Warum nennen Sie mich junger Mann?«, stöhnte er. »Was für eine plumpe Vertraulichkeit? Zum Teufel!«

Und er erschrak vor seiner eigenen Stimme. So trocken, schwach und singend war diese Stimme, dass er sie gar nicht wiedererkannte.

»Sehr gut, herrlich«, murmelte der Arzt, der sich gar nicht verletzt zu fühlen schien. »Nur keine Aufregung... Ja, ja ...«

Auch zu Hause flog die Zeit ebenso schnell dahin wie in der Eisenbahn ... Das Tageslicht wechselte in seinem Schlafzimmer jeden Augenblick mit der Abenddämmerung ab. Der Arzt schien von seinem Bette gar nicht wegzugehen, und er hörte jeden Augenblick sein »Ja, ja«. Ein langer Reigen verschiedener Menschen zog an seinem Bette vorbei. Er erkannte den Burschen Pawel, den Finnen, den Feldwebel Marimenko, den Offizier mit der roten Mütze, die Dame mit den weißen Zähnen und den Arzt. Sie alle sprachen, fuchtelten mit den Händen, rauchten und aßen. Einmal erblickte er sogar bei Tageslicht seinen Regimentsgeistlichen P. Alexander, der in vollem Ornat mit dem Brevier in der Hand vor seinem Bette stand, etwas murmelte und dabei ein so ernstes Gesicht machte, wie es Klimow bei ihm noch niemals gesehen hatte. Dem Oberleutnant fiel es ein, dass P. Alexander alle Offiziere katholischer Konfession in freundschaftlichem Verkehr »Pollaken« zu nennen pflegte; um ihn zum Lachen zu bringen, sagte er ihm jetzt:

»Hochwürden, der Pollake Jaroschewitsch ist zu den Aufständischen entlaufen!«

Aber P. Alexander, der sonst lustig und zum Lachen aufgelegt war, lachte jetzt nicht, sondern wurde noch ernster und bekreuzigte Klimow. Während der Nacht erschienen jeden Augenblick zwei Schatten vor seinem Bette. Es waren die Tante und die Schwester. Der Schatten der Schwester kniete nieder und betete: sie verneigte sich vor dem Heiligenbilde, und auch ihr grauer Schatten an der Wand verneigte sich, sodass zwei Schatten zu Gott beteten. Es roch die ganze Zeit nach Braten und nach der Pfeife des Finnen, aber einmal spürte Klimow auch den ausgesprochenen Geruch von Weihrauch. Es wurde ihm davon übel, und er schrie:

»Weihrauch! Fort mit dem Weihrauch!«

Er bekam keine Antwort. Er hörte nur leisen Priestergesang und wie jemand die Treppe auf und ab lief.

Als Klimow wieder zu sich kam, war im Schlafzimmer keine Seele. Die Morgensonne leuchtete durch den Vorhang herein, und ein wie eine Klinge feiner und graziöser zitternder Strahl spielte auf der Karaffe. Draußen dröhnten Wagenräder, also gab es keinen Schnee mehr. Der Oberleutnant betrachtete den Sonnenstrahl, die ihm wohlbekannten Möbel, die Türe und lachte plötzlich auf. Seine Brust und sein ganzer Leib zitterten vor süßem, seligem, kitzelndem Lachen. Seines ganzen Wesens vom Kopf bis zu den Füssen bemächtigte sich das Gefühl eines grenzenlosen Glückes und einer Lebensfreude, wie sie wohl der erste Mensch empfand, als er eben erschaffen war und zum ersten Mal die Welt sah. Klimow verlangte es leidenschaftlich nach Bewegung, nach Menschen, nach Stimmen. Sein Körper lag wie eine unbewegliche Masse da, nur seine Hände allein bewegten sich, aber er merkte es kaum und lenkte seine ganze Aufmerksamkeit auf allerlei Kleinigkeiten. Er freute sich über seinen Atem, über sein Lachen, er freute sich, dass es die Karaffe, die Zimmerdecke, den, Sonnenstrahl und das Band am Fenstervorhang gab. Die Welt Gottes erschien ihm selbst in einem so engen Raume wie sein Schlafzimmer herrlich, reich und groß. Als der Doktor kam, dachte sich der Oberleutnant, was für ein herrliches Ding die Medizin sei, wie lieb und sympathisch der Arzt, und wie gut und interessant alle Menschen wären.

»Ja, ja, ja«, sagte der Doktor. »Herrlich, herrlich. Nun sind wir gesund ... So, so!«

Der Oberleutnant hörte ihm zu und lachte vor Freude. Er erinnerte sich an den Finnen, an den Schinken und an die Dame mit den weißen Zähnen, und spürte plötzlich Lust zu essen und zu rauchen.

»Herr Doktor«, sagte er, »lassen Sie mir doch ein Stück Schwarzbrot mit Salz geben und ... und Sardinen.«

Der Arzt verweigerte es ihm, Pawel hörte nicht auf den Befehl seines Herrn und brachte kein Brot. Der Oberleutnant konnte das nicht ertragen und fing wie ein verzogenes Kind zu weinen an.

»Kleinchen!«, rief der Arzt lachend. »Mama! Eia popeia!«

Auch Klimow lachte und schlief, als der Arzt gegangen war, sofort ein. Er erwachte mit dem gleichen Gefühl von Freude und Seligkeit. An seinem Bette saß die Tante.

»Ach so, die Tante!«, rief er erfreut. »Was hab ich gehabt?«

»Flecktyphus.«

»So, so. Jetzt ist mir aber so wohl, so wohl! Wo ist Katja?«

»Sie ist nicht zu Hause. Ist wohl nach dem Examen irgendwo hingegangen.«

Als die Alte das sagte, beugte sie sich über ihren Strickstrumpf; ihre Lippen zitterten, sie wandte sich weg und fing plötzlich zu schluchzen an. In ihrer Verzweiflung dachte sie nicht mehr an das Verbot des Arztes und sagte:

»Ach, Katja, Katja! Unser Engel ist nicht mehr! ...«

Sie ließ den Strumpf fallen, und als sie sich nach ihm beugte, rutschte ihr die Haube vom Kopf. Klimow blickte verständnislos ihren grauen Kopf an und fragte erschrocken:

»Wo ist sie denn? Tante!«

Die Alte, die nicht mehr an Klimow, sondern nur noch an ihren Schmerz dachte, sagte:

»Sie hat sich bei dir den Typhus geholt und ... und ist gestorben. Vorgestern hat man sie beerdigt.«

Diese schreckliche, unerwartete Neuigkeit bemächtigte sich im Nu des Bewusstseins Klimows, aber wie entsetzlich und stark sie auch war, konnte sie die animalische Freude doch nicht niederringen, die den genesenden Oberleutnant erfüllte. Er weinte und lachte und begann sehr bald zu schimpfen, dass man ihm nichts zu essen gäbe.

Erst nach einer Woche, als er in seinem Schlafrock, von Pawel gestützt, ans Fenster trat, den bewölkten Frühlingshimmel sah und das unangenehme Dröhnen der alten Eisenbahnschienen, die man gerade vorbeiführte, hörte, krampfte sich sein Herz vor Weh zusammen, und er drückte die Stirne an das Fensterglas und weinte.

»Wie unglücklich bin ich!«, stammelte er. »Mein Gott, wie unglücklich!«

Und seine Freude machte Platz der gewohnten Langweile und dem Gefühl eines unwiederbringlichen Verlustes.

Wolodja[5]

Wolodja, ein siebzehnjähriger, unschöner, kränklicher und schüchterner Junge saß an einem Sonntag, gegen fünf Uhr nachmittags in einer Gartenlaube an der Schumichinschen Landwohnung und langweilte sich. Seine wenig lustigen Gedanken bewegten sich in drei Richtungen. Erstens hatte er morgen, Montag ein Examen in der Mathematik; er wusste, dass ihm, wenn er die schriftliche Aufgabe nicht machen würde, die Relegation bevorstand, da er in der sechsten Klasse schon einmal sitzen geblieben war und dreieinviertel als Jahresnote in der Algebra hatte. Zweitens bereitete der Aufenthalt bei den Schumichins, der reichen Familie mit Prätentionen auf Aristokratismus, unaufhörliche Schmerzen seinem Ehrgeiz. Ihm schien es, dass Frau Schumichin und ihre Nichten ihn und seine Mutter als arme Verwandte und Schmarotzer ansahen, dass sie seine Mama wenig achteten und über sie lachten. Einmal hatte er zufällig gehört, wie Frau Schumichin ihrer Cousine Anna Fjodorowna auf der Veranda sagte, dass seine Mama sich noch immer um jeden Preis jugendlich und schön machen wolle, dass sie ihre Kartenverluste niemals bezahle und eine Vorliebe für fremdes Schuhwerk und fremde Zigaretten habe. Wolodja flehte seine Mutter tagtäglich an, die Schumichins nicht mehr zu besuchen; er schilderte ihr die traurige Rolle, die sie bei diesen Herrschaften spielte, suchte sie zu überreden, wurde zuweilen auch grob, aber die leichtsinnige, verhätschelte Mama, die in ihrem Leben schon zwei Vermögen – ihr eigenes und das ihres Mannes – durchgebracht hatte und stets zu den vornehmsten Kreisen tendierte, wollte ihn nicht verstehen, und Wolodja musste sie zweimal in der Woche auf die ihm verhasste Landwohnung begleiten.

---

[5] Übersetzt von Alexander Eliasberg.

Drittens konnte sich der junge Mann für keinen Augenblick von einem sonderbaren unangenehmen Gefühl befreien, das ihm vollkommen neu war ... Ihm kam es vor, dass er in die Cousine der Schumichins, Anna Fjodorowna, die bei ihnen als Gast weilte, verliebt sei. Es war eine lebhafte, immer zum Lachen aufgelegte, etwas laute Dame von etwa dreißig Jahren, gesund, kräftig, rosig, mit rundlichen Schultern, rundem, vollem Kinn und ständigem Lächeln auf den feinen Lippen. Sie war weder hübsch, noch jung, – Wolodja wusste das ganz genau, aber er hatte nicht die Kraft, an sie nicht zu denken und sie nicht anzugaffen, wenn sie beim Krocketspiel ihre rundlichen Schultern zuckte, und den glatten Rücken bewegte, oder wenn sie nach dem langen Lachen und Herumrennen sich in einen Sessel fallen ließ, die Augen schloss, schwer atmete und so tat, als ob ihr etwas den Busen beengte und den Atem nähme. Sie war verheiratet. Ihr Mann, ein solider Architekt, kam einmal in der Woche aufs Land, schlief ausgezeichnet aus und kehrte am nächsten Morgen wieder in die Stadt zurück. Das seltsame Gefühl hatte bei Wolodja damit begonnen, dass er plötzlich einen grundlosen Hass gegen diesen Architekten spürte und sich jedes Mal freute, wenn er abreiste.

Und auch jetzt, als er in einer Laube saß und an das bevorstehende Examen und an seine Mama, über die sich alle lustig machten, dachte, fühlte er ein mächtiges Verlangen, Njuta (so nannten die Schumichins Anna Fjodorowna) zu sehen, ihr Lachen und das Rascheln ihres Kleides zu hören ... Dieses Verlangen hatte gar nichts von jener reinen, poetischen Liebe, die er aus Romanen kannte und die er sich jeden Abend beim Schlafengehen ersehnte; das Gefühl war so seltsam und unverständlich, er schämte sich seiner und fürchtete es als etwas Hässliches und Unreines, das er sich selbst nicht gerne eingestehen wollte ...

»Das ist keine Liebe«, sagte er sich. »In eine dreißigjährige und verheiratete Frau verliebt man sich nicht ... Es ist einfach eine kleine Liebelei ... Ja, eine Liebelei ...«

Beim Gedanken an die Liebelei fielen ihm seine unüberwindliche Schüchternheit, der Mangel eines Schnurrbartes und seine Sommersprossen und Schlitzaugen ein; wenn er sich selbst an Njutas Seite dachte, erschien ihm dieses Paar ganz unmöglich; und er beeilte sich, sich als hübsch, kühn, geistreich und nach der letzten Mode gekleidet vorzustellen ...

Inmitten dieser Träume, als er zusammengekauert und auf den Boden blickend in der dunkelsten Ecke der Laube saß, ertönten plötzlich leise Schritte. Jemand ging durch die Allee. Die Schritte verstummten, und vor dem Eingange schimmerte etwas Weißes.

»Ist hier jemand?«, fragte eine weibliche Stimme.

Wolodja erkannte die Stimme und hob erschrocken den Kopf.

»Wer ist hier?«, fragte Njuta, in die Laube tretend. »Ach, Sie sind es, Wolodja! Was machen Sie hier? Grübeln? Wie kann man nur immer grübeln ... so kann man ja auch verrückt werden!«

Wolodja stand auf und blickte Njuta verlegen an. Sie kam soeben vom Baden. Sie hatte ein Badelaken und ein Frottierhandtuch um die Schultern hängen, und unter dem weißseidenen Kopftuche lugten nasse Haare hervor, die an der Stirne klebten. Ihr entströmte ein feuchter, kühler Geruch von Bad und Mandelseife. Nach dem schnellen Gehen atmete sie schwer. Der oberste Knopf ihrer Bluse war aufgegangen, und der Jüngling konnte ihren Hals und Brustansatz sehen.

»Was schweigen Sie denn?«, fragte Njuta, Wolodja musternd. »Es ist unhöflich zu schweigen, wenn eine Dame mit Ihnen spricht. Was sind Sie für ein Tollpatsch, Wolodja! Sie sitzen immer da und schweigen und grübeln wie ein Philosoph. In Ihnen ist gar kein Leben, kein Feuer! Sie sind wirklich ekelhaft ... In Ihrem Alter muss man leben, springen, plaudern, Damen den Hof machen, sich verlieben.«

Wolodja blickte das Badelaken an, das sie mit ihrer weißen, vollen Hand hielt, und dachte, dachte ...

»Er schweigt!«, wunderte sich Njuta. »Das ist sogar merkwürdig ... Hören Sie einmal, seien Sie doch ein Mann! Lächeln Sie doch wenigstens! Pfui, ekelhafter Philosoph!«, rief sie lachend. »Wissen Sie, Wolodja, warum Sie so ein Tollpatsch sind? Weil Sie niemand den Hof machen. Warum machen Sie niemand den Hof? Es gibt hier freilich keine jungen Mädchen, aber was hindert Sie, Damen den Hof zu machen? Warum machen Sie, zum Beispiel, mir nicht den Hof?«

Wolodja hörte ihr zu und rieb sich, in schwere, gespannte Gedanken versunken, die Schläfe.

»Nur sehr stolze Menschen schweigen und lieben die Einsamkeit«, fuhr Njuta fort, seine Hand von der Schläfe wegziehend. »Sie sind zu stolz, Wolodja ... Warum blicken Sie so mürrisch drein? Wollen, Sie mir doch gerade in die Augen schauen! Nun, Sie, Tollpatsch!«

Wolodja entschloss sich, etwas zu sagen. Er wollte lächeln, zuckte mit der Unterlippe, zwinkerte mit den Augen und führte wieder die Hand an die Schläfe.

»Ich ... ich liebe Sie!«, sagte er.

Njuta hob erstaunt die Brauen und fing zu lachen an.

»Was höre ich?!«, sang sie, wie ein Opernsänger zu singen pflegt, wenn ihm etwas Schreckliches berichtet wird. »Wie? Was haben Sie gesagt? Wiederholen Sie es, wiederholen Sie es ...«

»Ich ... ich liebe Sie!«, sagte Wolodja noch einmal.

Ohne Beteiligung seines Willens und ohne Überlegung machte er einen halben Schritt auf Njuta zu und fasste sie am Handgelenk. Er sah fast nichts, Tränen traten ihm in die Augen, und die ganze Welt hatte sich in ein großes Frottierhandtuch verwandelt, das nach Bad roch.

»Bravo, bravo!«, hörte er sie lustig lachen. »Was schweigen Sie denn? Ich möchte, dass Sie sprechen! Nun?«

Als Wolodja merkte, dass sie ihre Hand nicht zurückzog, blickte er ihr ins lachende Gesicht und nahm sie ungeschickt mit beiden Händen um die Taille, sodass die Finger beider Hände sich auf ihrem Rücken trafen. So hielt er sie um die Taille, sie aber verschränkte beide Hände im Nacken, sodass er die Grübchen an ihren Ellenbogen sehen konnte, nestelte unter dem Kopftuch an ihren Haaren und sprach mit ruhiger Stimme:

»Man muss gewandt, liebenswürdig und galant sein, Wolodja, und das kann nur unter dem Einflusse weiblicher Gesellschaft werden. Was haben Sie aber für ein unangenehmes ... böses Gesicht. Man muss sprechen, man muss lachen ... Ja, Wolodja, seien Sie doch kein Wauwau, Sie sind noch jung und haben genug Zeit zum Philosophieren. Nun lassen Sie mich, ich muss gehen. Lassen Sie mich doch!«

Sie befreite sich mühelos aus seinen Armen und ging trällernd aus der Laube. Wolodja blieb allein. Er strich sich das Haar zurecht, lächelte und ging dreimal von der einen Ecke in die andere; dann setzte er sich auf die Bank und lächelte noch einmal. Er schämte sich so furchtbar und staunte sogar, dass das menschliche Schamgefühl eine solche Kraft und Schärfe erreichen kann. Vor Scham lächelte er, flüsterte irgendwelche unzusammenhängende Worte und gestikulierte.

Er schämte sich, dass man ihn eben wie einen grünen Jungen behandelt hatte; er schämte sich seiner Schüchternheit; vor allen Dingen schämte er sich aber dessen, dass er sich erkühnt hatte, eine anständige verheiratete Dame um die Taille zu fassen, wozu ihm, wie er glaubte, weder sein Alter, noch seine äußeren Vorzüge, noch seine Stellung in der Gesellschaft auch das geringste Recht gaben.

Er sprang auf, trat aus der Laube und ging, ohne sich umzublicken, in die Tiefe des Gartens, möglichst weit vom Hause weg.

– Ach, wenn ich doch bald von hier fort könnte! – dachte er, sich an den Kopf fassend. – Mein Gott, so schnell als möglich! –

Der Zug, mit dem Wolodja und seine Mama abreisen sollten, ging um acht Uhr vierzig abends. Es blieben also noch an die drei Stunden; aber wie gerne wäre er schon jetzt, ohne auf Mama zu warten, zur Bahnstation gegangen ...

Gegen halb acht ging er auf das Haus zu. Seine ganze Figur drückte Entschlossenheit aus: Komme, was kommen mag! Er hatte sich entschlossen, mutig aufzutreten, gerade vor sich zu blicken und laut zu sprechen, was ihn auch erwarten sollte.

Er ging durch die Veranda und den großen Saal und blieb im Gastzimmer stehen, um sich zu verschnaufen. Hier konnte er hören, dass man im anstoßenden Esszimmer beim Tee saß. Frau Schumichina, seine Mama und Njuta unterhielten sich über etwas und lachten.

Wolodja horchte.

»Ich versichere Sie!«, sagte Njuta: »Ich traute meinen Augen nicht! Als er mir seine Liebe gestand und mich sogar, denken Sie sich nur, um die Taille nahm, konnte ich ihn kaum wiedererkennen. Wissen Sie, er hat schon so eine gewisse Manier! Als er mir sagte, dass er in mich verliebt sei, blickte er so wild wie ein Tscherkesse.«

»Ist es möglich!«, stöhnte die Mama auf und brach in Lachen aus. »Ist's möglich! Wie erinnert er mich doch an seinen Vater!«

Wolodja lief zurück und stürzte ins Freie.

– Wie können sie darüber laut sprechen! – dachte er sich voller Gram, die Hände zusammenschlagend und entsetzt auf den Himmel blickend. – Sie sprechen davon ganz ruhig und laut ... Und Mama lacht ... meine Mama! Mein Gott, warum hast du mir eine solche Mutter gegeben? Warum? –

Aber er musste doch unbedingt zu den Damen. Er ging dreimal durch die Allee, beruhigte sich ein wenig und trat wieder ins Haus.

»Warum kommen Sie so unpünktlich zum Tee?«, fragte Frau Schumichina streng.

»Entschuldigen Sie ... ich muss schon fahren«, stammelte er, ohne die Augen zu heben, »Mama, es ist schon acht!«

»Fahre allein, liebes Kind«, sagte die Mama ganz matt. »Ich bleibe bei der Lilli über Nacht. Leb wohl, mein Freund ... Komm her, ich will dich bekreuzigen ...«

Sie bekreuzigte ihn und sagte französisch, sich an Njuta wendend:

»Er sieht doch ein wenig Lermontow ähnlich ... Nicht wahr?«

Wolodja nahm Abschied, ohne jemand anzublicken, und ging aus dem Esszimmer. Nach zehn Minuten war er schon auf dem Wege zur Station und freute sich darüber. Jetzt spürte er weder Angst noch Scham und atmete leicht und frei.

Eine halbe Werst vor der Station setzte er sich auf einen Stein am Straßenrande und begann auf die Sonne zu blicken, die schon mehr als zur Hälfte hinter dem Bahndamm untergegangen war. Auf der Station brannten schon Lichter, ein trübes grünes Flämmchen leuchtete auf, aber vom Zuge war noch nichts zu sehen. Wolodja war es angenehm, unbeweglich dazusitzen und zu beobachten, wie der Abend anbrach. Das Halbdunkel in der Laube, die Schritte, der Geruch des Lakens, das Lachen und die Taille – alles stand auf einmal mit erstaunlicher Deutlichkeit vor ihm und erschien ihm nicht mehr so schrecklich und bedeutsam wie früher ...

– Unsinn ... Sie zog die Hand nicht fort und lachte, als ich sie um die Taille hielt, – dachte er sich: – also war es ihr angenehm. Wenn es ihr unangenehm wäre, so wäre sie böse geworden ... –

Jetzt ärgerte sich Wolodja darüber, dass er vorhin, in der Laube, nicht kühn genug gewesen war. Es tat ihm leid, dass er jetzt abreisen musste, und er war überzeugt, dass, wenn sich ihm wieder die Gelegenheit böte, er viel kühner und einfacher handeln würde.

Die Gelegenheit kann sich aber sehr leicht bieten. Bei den Schumichins pflegt man nach dem Abendessen noch lange herumzuspazieren. Wenn Wolodja mit Njuta durch den dunklen Garten geht, so ist auch schon die Gelegenheit da!

– Ich kehre um, – dachte er sich, – und fahre morgen mit dem Frühzug ... Ich werde ihnen sagen, dass ich den Zug versäumt habe. –

Und er kehrt um ... Frau Schumichina, seine Mutter, Njuta und eine der Nichten saßen auf der Veranda und spielen Whist. Wolodja log ihnen vor, dass er den Zug versäumt hätte; sie äußerten die Befürchtung, dass er morgen das Examen verpassen könnte, und rieten ihm, recht früh aufzustehen. Solange sie Karten spielten, saß er abseits, betrachtete Njuta mit gierigen Augen und wartete ... Er hatte schon einen Plan fertig: Er wird im Dunkeln auf Njuta zugehen, sie bei der Hand fassen und dann umarmen ... er braucht dabei nichts zu sagen, denn alles wird ihnen beiden auch ohne Worte klar sein.

Nach dem Abendessen gingen die Damen gar nicht in den Garten, sondern setzten das Kartenspiel fort. Sie spielten bis ein Uhr nachts und gingen dann schlafen.

– Wie dumm! – ärgerte sich Wolodja, als er zu Bette ging. – Macht aber nichts, ich warte bis morgen ... Morgen wieder in der Laube. Macht nichts ... –

Er bemühte sich, nicht einzuschlafen, saß im Bett, hielt die Knie mit beiden Händen umschlungen und dachte. Der Gedanke an das Examen war ihm widerlich. Er hatte sich schon damit abgefunden, dass man ihn relegieren würde und dass dies gar nicht so entsetzlich sei. Morgen wird er ganz frei sein, morgen kann er Zivil tragen, öffentlich rauchen, öfters herkommen und Njuta nach Herzenslust den Hof machen; er wird kein Gymnasiast mehr sein, sondern ein »junger Mann«. Das Übrige aber, was man Karriere und Zukunft nennt, ist ja klar: Wolodja kann Einjähriger werden, oder Telegrafenbeamter, oder Apothekerlehrling und es mit der

Zeit zum Provisor bringen ... gibt es denn wenig Berufe? So verging eine Stunde, noch eine Stunde, und er saß immer im Bett und dachte ...

Gegen drei Uhr, als schon der Morgen dämmerte, knarrte leise die Türe, und die Mama kam ins Zimmer.

»Schläfst du nicht?«, fragte sie gähnend. »Schlaf, schlaf, ich bin nur für einen Augenblick hergekommen ... Ich will die Tropfen holen ...«

»Was brauchen Sie sie?«

»Die arme Lilli hat wieder ihre Kolik. Schlaf, mein Kind, du musst ja morgen ins Examen ...«

Sie holte aus dem Schränkchen ein Fläschchen, trat damit ans Fenster, las das Etikett und ging hinaus.

»Marja Leontjewna, es sind nicht die richtigen Tropfen!«, hörte Wolodja nach einer Weile. »Das sind Maiglöckchentropfen, und Lilli bittet um Morphin. Schläft Ihr Sohn schon? Bitten Sie ihn, dass er die richtigen heraussucht ...«

Es war Njutas Stimme. Wolodja überlief es kalt. Er zog schnell die Hose an, warf sich den Mantel über und ging zur Tür.

»Verstehen Sie? Morphin!«, erklärte Njuta leise. »Es muss lateinisch auf dem Fläschchen stehen. Wecken Sie Wolodja, er wird es schon finden ...«

Die Mama öffnete die Türe und Wolodja erblickte Njuta. Sie hatte die gleiche Bluse an, in der sie gestern aus dem Bade kam. Ihr Haar war offen und fiel auf die Schultern herab, das Gesicht war verschlafen und schien im Dämmerlichte seltsam dunkel.

»Wolodja schläft ja nicht ...«, sagte sie. »Wolodja, suchen Sie doch bitte das Morphin heraus! Es ist eine Plage mit dieser Lilli ... Immer hat sie etwas.«

Die Mama sagte etwas, gähnte und ging.

»Suchen Sie doch«, sagte Njuta. »Was stehen Sie so da?«

Wolodja ging zum Schränkchen, hockte sich hin und begann unter den Fläschchen und Schächtelchen herumzukramen. Seine Hände zitterten, und in der Brust und im Magen, hatte er ein Gefühl, als ob durch alle seine Eingeweide kalte Wellen liefen. Der Geruch von Äther, Karbolsäure und allerlei Kräutern, nach denen er mit seinen zitternden Händen griff und die er dabei verschüttete, benahm ihm den Atem.

– Ich glaube, die Mama ist weg – dachte er sich. – Das ist gut … gut … –

»Wird's bald?«, fragte Njuta gedehnt.

»Sofort … Hier ist, glaub ich, das Morphin …«, sagte Wolodja, der eben auf einem Etikett die Silbe »Morph« las. »Hier, bitte!«

Njuta stand in der Türe so, dass einer ihrer Füße sich im Korridor und der andere in Wolodjas Zimmer befand. Sie richtete an ihrem Haar, doch ohne jeden Erfolg – so lang und dicht war es! – und blickte zerstreut Wolodja an. In ihrer weiten Bluse, verschlafen, mit aufgelöstem Haar, erschien sie Wolodja im trüben Lichte, das ins Zimmer von dem schon weißen, aber noch nicht von der Sonne beleuchteten Himmel fiel, bezaubernd und herrlich … Entzückt, am ganzen Leibe zitternd, mit unsagbarer Wonne daran denkend, wie er diesen herrlichen Körper in der Laube umarmt hatte, reichte er ihr die Tropfen und sagte:

»Wie sind Sie doch …«

»Was?«

Sie trat ins Zimmer.

»Was?«, fragte sie, lächelnd.

Er schwieg und sah sie an und ergriff wie damals in der Laube ihre Hand … Sie aber betrachtete ihn lächelnd und wartete, was wohl noch kommen würde.

»Ich liebe Sie …«, flüsterte er.

Sie hörte zu lächeln auf, dachte eine Weile nach und sagte:

»Warten Sie, ich glaube, jemand kommt her ... Ach, diese Gymnasiasten!«, sagte sie halblaut, zur Türe gehend und in den Korridor hinausblickend. »Nein, es ist niemand ...«

Und sie kehrte zurück ...

Wolodja war es, als ob das Zimmer, Njuta, das Morgengrauen und er selbst, als ob alles im Gefühl eines brennenden, ungewöhnlichen, noch nicht dagewesenen Glückes zusammenflösse, für das man sein Leben opfern und ewige Qualen erdulden könnte; aber nach einer halben Minute war schon alles vorbei. Wolodja sah nur das volle, unschöne, vor Ekel verzerrte Gesicht und fühlte auch selbst Ekel vor dem, was eben geschehen war.

»Ich muss aber gehen«, sagte Njuta, indem sie Wolodja angewidert musterte. »So hässlich, so jämmerlich ... Pfui, garstiges Entenküken!«

So abstoßend kamen jetzt Wolodja ihre langen Haare, ihre weite Bluse, ihre Schritte und ihre Stimme vor! ...

– Garstiges Entenküken ... – sagte er sich, als sie schon fort war. – Ich bin in der Tat garstig ... Alles ist hässlich. –

Draußen ging die Sonne auf, und die Vögel zwitscherten laut. Man hörte den Gärtner durch den Garten gehen und den Sand unter seinem Karren knirschen ... Und etwas später erklang das Gebrüll der Kühe und das Spiel der Hirtenflöte. Das Sonnenlicht und alle diese Töne erzählten, dass es irgendwo in der Welt ein reines, schönes, poetisches Leben gibt. Wo ist es aber? Weder Mama, noch die andern Menschen, die ihn umgaben, hatten ihm etwas davon erzählt.

Als der Diener ihn zum Frühzuge weckte, stellte er sich schlafend.

– Zum Teufel damit! – dachte er sich.

Er stand erst nach zehn auf. Als er sich vor dem Spiegel kämmte und sein unschönes, nach der schlaflosen Nacht blasses Gesicht betrachtete, sagte er sich:

– Ganz richtig ... Ein garstiges Entenküken. –

Als die Mama ihn sah, entsetzte sie sich, dass er nicht im Examen war, Wolodja aber erklärte:

»Ich habe verschlafen, Mama ... Machen Sie sich aber keine Sorge, ich werde ein ärztliches Attest beibringen.«

Frau Schumichina und Njuta erwachten erst nach zwölf. Wolodja hörte, wie Frau Schumichina ihre Fenster mit Geklirr aufschlug, wie Njuta auf ihre raue Stimme mit schallendem Gelächter antwortete. Er sah, wie die Türe aufging und der lange Zug der Nichten und schmarotzenden Tischgäste (unter den letzteren befand sich auch seine Mama) zum Frühstück ging; er sah auch das frisch gewaschene, lachende Gesicht Njutas und daneben die schwarzen Brauen und den Vollbart des Architekten, der eben angekommen war.

Njuta hatte ein kleinrussisches Kostüm an, das ihr gar nicht stand und sie plump erscheinen ließ; der Architekt machte dumme und abgeschmackte Witze; in dem Klops, den man zum Frühstück reichte, war, wie es Wolodja schien, viel zu viel Zwiebel. Es schien ihm auch, dass Njuta absichtlich laut lachte und immer zu ihm hinübersah, um ihm zu zeigen, dass die Erinnerung an die Nacht ihr nicht die geringsten Schmerzen mache und dass sie die Anwesenheit des hässlichen Entenkükens am Frühstückstische gar nicht bemerkte.

Gegen vier Uhr fuhr Wolodja mit der Mama zur Station. Die unsauberen Erinnerungen, die schlaflose Nacht, die bevorstehende Relegation, die Gewissensbisse – alles erregte in ihm einen schweren, düsteren Hass. Er betrachtete das magere Profil der Mama, ihr kleines Näschen, den Regenmantel, den ihr Njuta geschenkt hatte, und brummte:

»Warum pudern Sie sich? Das passt sich doch nicht in Ihrem Alter! Sie schminken sich, bezahlen Ihre Kartenschulden nicht und rauchen fremde Zigaretten ... das ist ekelhaft! Ich liebe Sie nicht ... ich liebe Sie nicht!«

Er beschimpfte sie, sie aber bewegte erschrocken die Äuglein, schlug die Händchen zusammen und flüsterte entsetzt:

»Was hast du, liebes Kind? Mein Gott, der Kutscher hört es ja! Schweig, der Kutscher hört es! Er hört jedes Wort!«

»Ich liebe Sie nicht ... ich liebe Sie nicht!«, fuhr er keuchend fort. »Sie haben keine Moral im Leibe, Sie sind herzlos ... Unterstehen Sie sich nicht, diesen Regenmantel zu tragen! Hören Sie? Sonst reiße ich ihn in Fetzen ...«

»Mein Kind, beruhige dich!«, jammerte die Mama. »Der Kutscher hört es!«

»Und wo ist das Vermögen meines Vaters? Wo ist Ihr Geld? Sie haben alles durchgebracht! Ich schäme mich nicht meiner Armut, aber ich schäme mich, dass ich so eine Mutter habe! Wenn meine Freunde nach Ihnen fragen, muss ich jedes Mal erröten.«

Mit dem Zuge hatten sie bis zur Stadt nur zwei Stationen zu fahren. Während der ganzen Fahrt stand Wolodja auf der Plattform und zitterte. Er wollte nicht in den Wagen gehen, da dort seine Mutter saß, die er hasste. Er hasste auch sich selbst, die Schaffner, den Rauch der Lokomotive und die Kälte, der er sein Zittern zuschrieb ... Und je schwerer es ihm ums Herz war, um so stärker fühlte er, dass es irgendwo in dieser Welt Menschen gibt, die ein reines, edles, warmes und schönes Leben voller Liebe, Zärtlichkeit, Freude und Freiheit leben ... Er fühlte es und grämte sich so sehr, dass einer der Fahrgäste ihn aufmerksam ansah und fragte:

»Sie haben wohl Zahnweh?«

In der Stadt lebten Mama und Wolodja bei Marja Petrowna, einer adligen Dame, die eine große Wohnung hatte und Zimmer vermietete. Die Mama hatte zwei Zimmer: in dem einen, dem mit den Fenstern, wo ihr Bett stand und an der Wand zwei Bilder in Goldrahmen hingen, hauste sie selbst, und im anschließenden kleinen und fensterlosen wohnte Wolodja. Hier stand das Sofa, auf dem er schlief, und andere Möbel gab es hier nicht: Das ganze Zimmer war voller Kinderkörbe, Hutschachteln und allerlei Gerümpel, das die Mama aus irgendeinem Grunde aufhob. Seine Aufgaben pflegte Wolodja im Zimmer der Mutter, oder im »Gesellschaftszimmer« zu machen; so hieß ein großes Zimmer, in dem sich alle Mieter zum Mittagessen und in den Abendstunden versammelten.

Nach Hause zurückgekehrt, legte er sich aufs Sofa und deckte sich mit dem Mantel zu, um sein Zittern zu bewältigen. Die Hutschachteln, Körbe und das Gerümpel erinnerten ihn daran, dass er kein eigenes Zimmer, keine Zuflucht hatte, wo er sich vor der Mama, vor ihren Gästen und vor den Stimmen, die jetzt aus dem Gesellschaftszimmer drangen, verstecken könnte, und der Ranzen und die Bücher, die in den Ecken herumlagen, – an das Examen, das er versäumt hatte ... Ohne jeden ersichtlichen Grund kam ihm plötzlich Mentone in den Sinn, wo er einmal als siebenjähriger Junge mit seinem verstorbenen Vater gewesen war; auch an Biarritz und die zwei kleinen Engländerinnen, mit denen er im Sande herumlief, musste er denken ... Er wollte sich die Farbe des Himmels und des Ozeans, die Größe der Wellen und seine damalige Stimmung in Erinnerung rufen, aber das gelang ihm nicht; die beiden kleinen Engländerinnen huschten wie lebendig durch seine Erinnerung, alles andere aber vermischte sich und verschwand ...

– Nein, hier ist es zu kalt, – sagte sich Wolodja. Er stand auf, zog den Mantel an und ging ins Gesellschaftszimmer.

Im Gesellschaftszimmer trank man Tee. Am Samowar saßen dreie: seine Mutter, die alte Musiklehrerin mit dem Zwicker in Schildpattfassung, und Augustin Michailowitsch, ein älterer dicker Franzose, der an einer Parfümeriefabrik angestellt war.

»Ich habe heute nicht zu Mittag gegessen«, sagte Mama. »Ich würde gern das Mädchen nach Brot schicken.«

»Dunjascha!«, rief der Franzose.

Es stellte sich heraus, dass die Hausfrau das Mädchen irgendwohin fortgeschickt hatte.

»Oh, das hat nichts zu sagen«, sagte der Franzose mit einem breiten Lächeln. »Ich gehe gleich selbst hin und hole Brot. Oh, das macht nichts!«

Er legte seine starke, stinkende Zigarre an eine sichtbare Stelle, setzte den Hut auf und ging. Als er draußen war, begann die Mama der Musiklehrerin zu erzählen, wie sie bei den Schumichins zu Besuch gewesen war und wie schön man sie dort aufgenommen hatte.

»Lilli Schumichina ist ja meine Verwandte ...«, sagte sie.

»Ihr verstorbener Mann, General Schumichin war ein Cousin meines Mannes. Und sie selbst ist eine geborene Baronin Kolb ...«

»Mama, es ist ja nicht wahr!«, sagte Wolodja gereizt: »Wozu die Lüge?«

Er wusste sehr gut, dass seine Mama die Wahrheit sprach; in ihren Worten über den General Schumichin und die geborene Baronin Kolb war nichts erlogen, und doch hatte er das Gefühl, dass alles Lüge sei. Er fühlte die Lüge in ihrer Manier zu sprechen, in ihrem Gesichtsausdruck, im Blick, in allem.

»Sie lügen!«, wiederholte Wolodja und schlug mit der Faust so heftig auf den Tisch, dass das ganze Geschirr klirrte und die Mama ihren Tee verschüttete. »Warum erzählen Sie von den Generälen und Baroninnen? Alles ist Lüge!«

Die Musiklehrerin wurde verlegen und begann ins Taschentuch zu husten, als ob ihr etwas in die unrechte Kehle gekommen wäre, und die Mama brach in Tränen aus.

– Wohin soll ich nun gehen? – fragte sich Wolodja.

Auf der Straße war er schon gewesen; seine Freunde aufzusuchen, schämte er sich. Wieder kamen ihm unberufen die beiden kleinen Engländerinnen in den Sinn ... Er schlenderte einmal von Ecke zu Ecke und ging dann ins Zimmer Augustin Michailowitschs. Hier roch es stark nach ätherischen Ölen und Glyzerinseife. Auf dem Tisch, auf den Fensterbänken und sogar auf den Stühlen standen eine Menge Fläschchen,

Gläschen und Schälchen mit allerlei farbigen Flüssigkeiten. Wolodja nahm vom Tisch eine Zeitung, entfaltete sie und las den Titel: »Figaro« ... Der Zeitung entströmte irgendein starker und angenehmer Duft. Dann fand er auf dem Tische einen Revolver ...

»Beruhigen Sie sich, machen Sie sich nichts draus!«, tröstete im Nebenzimmer die Musiklehrerin seine Mama. »Er ist ja noch so jung! In seinem Alter erlauben sich die jungen Leute oft zu viel. Da muss man schon ein Auge zudrücken.«

»Nein, Jewgenia Andrejewna, er ist allzu verdorben!«, sagte die Mama in singendem Tone. »Er hat niemand über sich, und ich bin schwach und kann nichts ausrichten. Nein, ich bin wirklich unglücklich!«

Wolodja steckte sich den Lauf des Revolvers in den Mund, tastete mit dem Finger nach dem Hahn oder Abzug und drückte ... Dann fand er noch einen anderen Vorsprung und drückte noch einmal. Er nahm den Lauf aus dem Munde, trocknete ihn mit dem Schoße des Mantels ab und besah sich den Mechanismus ... er hatte noch nie im Leben eine Schusswaffe in der Hand gehabt ....

– Ich glaube, man muss erst das da heben ... – überlegte er sich. – Ja, wahrscheinlich so ... –

Ins Gesellschaftszimmer kam eben Augustin Michailowitsch zurück und begann, laut lachend, etwas zu erzählen. Wolodja steckte sich den Revolverlauf wieder in den Mund, presste ihn mit den Zähnen zusammen und drückte wieder mit dem Finger ... Der Schuss krachte ... Etwas schlug Wolodja mit furchtbarer Kraft in den Nacken, und er fiel auf den Tisch, mit dem Gesicht auf die Fläschchen und Gläschen. Dann sah er, wie sein verstorbener Vater im Zylinderhut mit breitem Flor, den er damals in Mentone, als er irgendeine Dame beweinte, trug, ihn plötzlich mit beiden Armen ergriff ... Und sie flogen beide in irgendeinen finstern, tiefen Abgrund.

Und dann vermischte sich alles und verschwand ...

Jonytsch[6]

1

Wenn sich die Fremden in der Gouvernementsstadt S. über die Langweile und Eintönigkeit des Lebens beklagten, so rechtfertigten sich die Ortsbewohner, dass es in S. im Gegenteil sogar sehr schön sei, dass man hier eine Bibliothek, ein Theater und einen Klub hätte, dass manchmal Bälle veranstaltet werden und dass es schließlich auch intelligente, interessante, angenehme Familien gäbe, mit denen man verkehren könne. Und sie wiesen gewöhnlich auf die Familie Turkin hin, als auf die intelligenteste und talentierteste.

Diese Familie bewohnte ein eigenes Haus in der Hauptstraße neben dem Hause des Gouverneurs. Iwan Petrowitsch Turkin selbst, ein korpulenter, hübscher Herr mit schwarzem Backenbart, organisierte Liebhabervorstellungen mit wohltätigem Zweck, in denen er selbst die Rollen alter Generäle spielte und dabei sehr komisch hustete. Er kannte zahllose Witze, Wortspiele, Scherzfragen, komische Redensarten, liebte zu witzeln und geistreich zu tun und hatte immer einen solchen Gesichtsausdruck, dass man unmöglich erraten konnte, ob er Scherz oder Ernst mache. Seine Frau, Wera Iossifowna, eine schmächtige Dame von angenehmem Äußeren, mit einem Zwicker auf der Nase, schrieb Romane und Novellen und las sie gerne ihren Gästen vor. Die Tochter, Jekaterina Iwanowna, ein achtzehnjähriges junges Mädchen, spielte Klavier. Mit einem Worte, jedes Mitglied dieser Familie hatte irgendein Talent. Die Turkins übten große Gastfreundschaft und zeigten ihren Gästen ihre Talente mit Vergnügen und Herzenseinfalt. In ihrem großen, aus Stein erbauten Hause war es geräumig und im Sommer angenehm kühl, und die Hälfte der Fenster ging nach dem alten schatti-

---

[6] Übersetzt von Alexander Eliasberg.

gen Garten hinaus, wo im Frühjahr die Nachtigallen sangen; wenn im Hause Besuch war, so klopften in der Küche die Messer, im Hofe roch es nach gerösteten Zwiebeln, und das verhieß jedes Mal ein reichliches und schmackhaftes Abendessen.

Auch dem Doktor Dmitrij Ionytsch Starzew, der soeben den Posten eines Landarztes bekommen und sich in Djalisch, neun Werst von S. niedergelassen hatte, erklärte man, dass er als gebildeter Mann unbedingt die Familie Turkin kennenlernen müsse. Einmal im Winter machte ihn jemand auf der Straße mit Iwan Petrowitsch bekannt; sie wechselten einige Worte über das Wetter, über das Theater, über die Cholera, und gleich darauf kam auch die Einladung. An einem Feiertage im Frühjahr – es war Himmelfahrt – begab sich Starzew nach der Sprechstunde in die Stadt, um sich etwas zu zerstreuen und auch einige Einkäufe zu machen. Er ging zu Fuß (eigene Pferde hatte er damals noch nicht) und sang vor sich hin:

»Als ich noch keine Tränen trank aus dieses Daseins Kelch ...«

In der Stadt aß er zu Mittag, ging dann im Stadtgarten spazieren; plötzlich kam ihm die Einladung Iwan Petrowitschs in den Sinn, und er beschloss, die Turkins zu besuchen, um zu sehen, was das für Menschen seien.

»Ich grüße Sie!«, empfing ihn Iwan Petrowitsch im Vorzimmer. »Ich bin glücklich, einen so angenehmen Gast bei uns zu sehen. Kommen Sie mit, ich will Sie meinem Ehegespenst vorstellen. Ich sage ihm Werotschka«, fuhr er fort, nachdem er den Doktor seiner Frau vorgestellt hatte: »ich sage ihm, dass er nicht das geringste römische Recht hat, immer in seinem Spital zu hocken, und seine freie Zeit der Gesellschaft widmen muss. Nicht wahr, Herzchen?«

»Setzen Sie sich, bitte«, sagte Wera Iossifowna, ihm einen Platz an ihrer Seite zeigend. »Sie dürfen mir den Hof ma-

chen. Mein Mann ist zwar eifersüchtig wie ein Othello, aber wir wollen uns so benehmen, dass er nichts merkt.«
»Ach, du Küken ...«, sagte Iwan Petrowitsch zärtlich und küsste sie auf die Stirn. »Sie kommen gerade recht«, wandte er sich wieder an den Gast: »Mein Ehegespenst hat einen mordsgroßen Roman vollendet und wird ihn heute vorlesen.«
»Jeanchen«, wandte sich Wera Iossifowna an ihren Mann, »dites que l'on nous donne du thé.«
Starzew lernte auch die Tochter Jekaterina Iwanowna kennen, die der Mutter sehr ähnlich sah und ebenso schmächtig wie diese war. Der Ausdruck ihres hübschen Gesichts war noch kindlich, und ihre Figur schlank und graziös; auch der jungfräuliche, schon erblühte, schöne Busen atmete Frühling, echten Frühling. Sie tranken Tee mit Marmelade, Honig, Konfekt und außerordentlich schmackhaftem Gebäck, das im Munde schmolz. Als der Abend anbrach, versammelten sich auch die anderen Gäste, und Iwan Petrowitsch sah einen jeden von ihnen mit seinen lachenden Augen an und sagte:
»Ich grüße Sie!«
Später saßen alle mit sehr ernsten Gesichtern im Salon, während Wera Iossifowna ihren Roman vorlas. Er begann mit den Worten: »Der Frost nahm zu ...« Die Fenster standen weit offen, man hörte die Messer in der Küche klopfen und roch die gerösteten Zwiebeln ... In den weichen, tiefen Sesseln saß es sich so bequem, das Lampenlicht flackerte so freundlich im Dämmer des Salons; und wie man so an diesem Sommerabend saß, die Stimmen und das Lachen von der Straße her hörte und den Fliederduft, der vom Garten kam, einatmete, konnte man sich schwer vorstellen, wie der Frost zunahm und die untergehende Sonne mit ihren kalten Strahlen die schneeverwehte Steppe und den einsamen Wanderer beleuchtete; Wera Iossifowna las von einer jungen hübschen Gräfin, wie sie in ihrem Dorfe Schulen, Krankenhäuser und Bibliotheken errichtete und wie sie sich in einen

wandernden Künstler verliebte; sie las von Dingen, die im Leben niemals vorkommen, und doch war es so angenehm und gemütlich, ihr zuzuhören: Allerlei schöne, beruhigende Gedanken kamen einem in den Sinn, und man hatte gar nicht Lust, aufzustehen.

»Nicht übelhaft ...«, sagte leise Iwan Petrowitsch.

Und einer von den Gästen, der mit seinen Gedanken irgendwo sehr weit weg war, sagte kaum hörbar:

»Ja ... in der Tat ...«

So vergingen an die zwei Stunden. Im nahen Stadtgarten spielte ein Orchester und sang ein Bauernchor. Als Wera Iossifowna ihr Manuskript zuklappte, herrschte an die fünf Minuten lang Schweigen, und alle lauschten dem Volksliede, das der Chor sang und das von Dingen erzählte, die es im Roman nicht gab, die aber im Leben wohl vorkommen.

»Lassen Sie Ihre Werke in den Zeitschriften erscheinen?«, fragte Starzew Wera Iossifowna.

»Nein«, antwortete sie, »ich lasse sie nirgends erscheinen. Wenn ich etwas fertig habe, so tue ich es in meinen Schrank. Wozu soll ich es auch drucken? Wir haben ja Mittel.«

Alle seufzten aus irgendeinem Grunde leise auf.

»Und jetzt spiel du etwas vor, Kätzchen«, wandte sich Iwan Petrowitsch an die Tochter.

Man hob den Deckel des Klaviers und schlug das Notenheft auf, das schon bereitlag. Jekaterina Iwanowna setzte sich hin und schlug mit beiden Händen in die Tasten; gleich darauf schlug sie noch einmal mit aller Kraft hin, und dann noch einmal, und noch einmal; ihre Schultern und Brust bebten, sie schlug hartnäckig immer auf die gleiche Stelle los, und man hatte den Eindruck, dass sie nicht eher aufhören wollte, als bis sie die Tasten tief ins Klavier hineingejagt haben würde. Der Salon füllte sich mit Donner; alles dröhnte: der Fußboden, die Decke, die Möbel ... Jekaterina Iwanowna spielte ein schwieriges Stück, das sehr lang und eintönig, aber gerade durch seine Schwierigkeiten interessant war. Starzew hörte zu und stellte sich vor, dass von einem hohen Berge Steine herabrollen, unaufhörlich herabrollen, und er hatte den Wunsch, dass sie nicht mehr herabrollen; aber Jekaterina Iwanowna, die vor Anspannung ganz rosig war, und so stark und energisch, dreinschlug, während ihr eine Locke auf die Stirne gefallen war, gefiel ihm sehr gut. Es war ihm so angenehm, so neu, nach dem Winter, den er in Djalisch unter den Bauern und Kranken verbracht hatte, hier im Salon zu sitzen, dieses junge, hübsche und wahrscheinlich keusche Wesen anzublicken und diesen lauten, ennuyanten, aber immerhin von Kultur zeugenden Tönen zu lauschen ...

»Kätzchen, du hast heute so gespielt, wie noch nie«, sagte Iwan Petrowitsch mit Tränen in den Augen, als die Tochter fertig war und sich von ihrem Platze erhob. »Nun kannst du ruhig sterben: Besser spielst du deinen Lebtag nicht.«

Alle drängten sich um sie, beglückwünschten und bewunderten sie und behaupteten, dass sie schon lange keine solche Musik gehört hätten, sie aber hörte schweigend, leise lächelnd zu, und ihr ganzes Wesen drückte Triumph aus.

»Wunderbar! Herrlich!«

»Wunderschön!«, sagte auch Starzew, sich von der allgemeinen Begeisterung hinreißen lassend. »Wo haben Sie Musik studiert?«, fragte er Jekaterina Iwanowna: »Am Konservatorium?«

»Nein, aufs Konservatorium will ich erst kommen, vorläufig habe ich hier Stunden genommen, bei der Madame Zawlowska.«

»Haben Sie auch das hiesige Mädchengymnasium besucht?«

»Oh nein!«, antwortete Wera Iossifowna für ihre Tochter. »Wir haben stets Privatlehrer im Haus, Sie werden doch zugeben, dass im Gymnasium oder einem Institut schädliche Einflüsse möglich sind; ein junges Mädchen soll aber nur unter dem Einflusse ihrer Mutter stehen.«

»Und doch gehe ich aufs Konservatorium!«, erklärte Jekaterina Iwanowna.

»Nein, Kätzchen liebt die Mama. Kätzchen wird Papa und Mama keinen Kummer machen wollen.«

»Nein, ich gehe doch hin! Ganz bestimmt!«, sagte Jekaterina Iwanowna halb im Scherz und stampfte trotzig mit dem Füßchen.

Während des Abendessens zeigte auch Iwan Petrowitsch seine Künste. Nur mit den Augen allein lachend, erzählte er Witze, stellte Scherzfragen, die er sofort selbst beantwortete, und sprach die ganze Zeit seine eigentümliche Sprache, die er sich offenbar durch langjährige Übungen im Witzemachen angeeignet hatte und die ihm wohl zur Gewohnheit geworden war: nicht übelhaft; leben Sie sowohl, als auch; ich grüße Sie; ich danke vergebens und dergleichen.

Das war aber noch nicht alles. Als die Gäste, satt und zufrieden, sich im Vorzimmer drängten und ihre Mäntel und Stöcke suchten, half ihnen dabei der Lakai Pawluscha, oder Pawa, wie man ihn nannte, ein vierzehnjähriger Junge mit kurz geschorenem Kopf und Pausbacken.

»Nun, Pawa, produziere dich!«, sagte ihm Iwan Petrowitsch.

Pawa stellte sich in Positur, hob einen Arm in die Höhe und sprach in tragischem Ton:

»Stirb, Unselige!«

Und alle lachten.

– Nicht uninteressant, – sagte sich Starzew, als er draußen war.

Er ging noch in ein Restaurant, trank ein Glas Bier und begab sich dann zu Fuß nach Djalisch. Im Gehen sang er ununterbrochen das Rubinsteinsche Lied:

»Die Stimme dein, so zärtlich und so freundlich...«

Als er die neun Werst gegangen war und sich später zu Bett legte, spürte er nicht die geringste Müdigkeit; im Gegenteil,

er hatte den Eindruck, dass er mit dem größten Vergnügen noch weitere zwanzig Werst gehen könnte.
– Nicht übelhaft ... – fiel es ihm im Einschlafen ein, und er musste lachen.

2

Starzew wollte die Turkins bald wieder besuchen, aber im Krankenhause gab es so viel zu tun, dass er unmöglich eine freie Stunde finden konnte. So verbrachte er mehr als ein Jahr in seiner Arbeit, in voller Weltabgeschiedenheit; plötzlich kam aber aus der Stadt ein Brief in einem blauen Kuvert.

Wera Iossifowna litt schon seit längerer Zeit an Migräne, in der letzten Zeit aber, als das Kätzchen sie jeden Tag mit der Drohung erschreckte, aufs Konservatorium zu gehen, wiederholten sich ihre Anfälle immer öfter. Sie hatte schon sämtliche Ärzte der Stadt konsultiert, und nun kam die Reihe an den Landarzt. Wera Iossifowna schrieb ihm einen rührenden Brief, in dem sie ihn bat, zu ihr zu kommen, um ihre Qualen zu lindern. Starzew fuhr hin und besuchte von nun an die Turkins fast jeden Tag ... Er hatte Wera Iossifowna tatsächlich ein wenig geholfen, und sie erzählte allen ihren Gästen, dass er ein ganz ungewöhnlicher, wunderbarer Arzt sei. Er besuchte die Turkins aber nicht mehr ihrer Migräne wegen ...

Ein Feiertag. Jekaterina Iwanowna war mit ihren ermüdenden Fingerübungen fertig. Dann saßen alle lange im Esszimmer und tranken Tee, und Iwan Petrowitsch erzählte etwas Komisches. Da läutete es an der Türe; der Hausherr musste ins Vorzimmer, um einen Gast zu begrüßen, und Starzew benutzte den Augenblick und flüsterte Jekaterina Iwanowna in höchster Aufregung zu:

»Um Gottes willen, ich flehe Sie an, quälen Sie mich nicht, kommen Sie mit in den Garten!«

Sie zuckte die Achseln, als verstünde sie nicht, was er von ihr wolle, stand aber auf und ging.

»Sie spielen drei und vier Stunden Klavier«, sagte er, ihr folgend, »dann sitzen Sie mit Ihrer Mama, und ich habe gar keine Möglichkeit, mit Ihnen zu sprechen. Schenken Sie mir doch wenigstens eine Viertelstunde, ich flehe Sie an ...«

Der Herbst war nicht mehr fern, im alten Garten war es still, und in den Alleen lag braunes Laub. Es dämmerte früh.

»Ich habe Sie schon eine ganze Woche nicht gesehen«, fuhr Starzew fort, »wenn Sie wüssten, wie ich darunter leide! ... Setzen wir uns hin. Hören Sie mich an.«

Sie hatten einen Lieblingsplatz im Garten: eine Bank unter einem alten schattigen Ahorn. Und sie setzten sich auf diese Bank.

»Was wünschen Sie von mir?«, fragte Jekaterina Iwanowna trocken und geschäftsmäßig.

»Ich habe Sie eine ganze Woche nicht gesehen und so lange Ihre Stimme nicht gehört. Ich lechze nach Ihrer Stimme. Sagen Sie doch etwas.«

Sie entzückte ihn durch ihre Frische, durch den naiven Ausdruck der Augen und der Wangen. Selbst darin, wie ihr Kleid saß, sah er etwas ungewöhnlich Liebes und in seiner Einfachheit und naiven Grazie Rührendes. Zugleich erschien sie ihm trotz dieser Naivität sehr klug und viel intelligenter, als es die jungen Mädchen in ihrem Alter sonst sind. Mit ihr konnte er über Literatur, Kunst und alles Mögliche sprechen, obwohl es auch vorkam, dass sie mitten in einem ernsten Gespräch zu lachen anfing, oder aufsprang und davonlief. Sie hatte wie fast alle jungen Mädchen von S. viel gelesen (im Allgemeinen las man in S. sehr wenig, und die Angestellten der Stadtbibliothek sagten, dass, wenn es nicht die jungen Mädchen und die jungen Juden gäbe, man die Bibliothek ruhig schließen könnte); dies gefiel Starzew außerordentlich, und er fragte sie jedes Mal, aufs Tiefste erregt, was sie in den letzten Tagen gelesen habe, und hörte ihr immer begeistert zu.

»Was haben Sie in dieser Woche gelesen, seit wir uns zuletzt gesehen haben?«, fragte er auch jetzt. »Sagen Sie es, ich bitte Sie.«

»Ich habe Pissemskij gelesen.«

»Was denn?«

»›Tausend Seelen‹«, antwortete das Kätzchen. »Was für einen komischen Namen hatte dieser Pissemskij: Alexej Feofilaktowitsch!«

»Wo wollen Sie denn hin?«, rief Starzew entsetzt, als sie plötzlich aufsprang und fortlief. »Ich habe mit Ihnen zu reden, ich muss mich aussprechen ... Bleiben Sie wenigstens fünf Minuten mit mir! Ich beschwöre Sie!«

Sie blieb stehen, als wollte sie ihm etwas sagen, drückte ihm ungeschickt einen Zettel in die Hand, lief ins Haus und setzte sich sofort ans Klavier.

»Kommen Sie heute um elf Uhr abends«, las Starzew, »auf den Friedhof zum Grabmal Demetti.«

– Das ist aber gar nicht klug, – sagte er sich, als er sich von seinem Erstaunen erholt hatte. – Warum auf den Friedhof? –

Es war ja klar: Das Kätzchen verulkte ihn einfach. Wer wird einen zu einem Stelldichein in der Nacht, weit draußen vor der Stadt, auf dem Friedhof laden, wenn man es so leicht auf der Straße oder im Stadtgarten machen kann? Und passt es überhaupt für ihn, den Landarzt, den klugen und soliden Mann, so ein Mädel anzuschmachten, solche Zettelchen zu bekommen, sich auf Friedhöfen herumzutreiben und Dummheiten zu machen, über die heutzutage selbst die Gymnasiasten lachen? Wohin soll dieser Roman führen? Was werden die Kollegen sagen, wenn sie es erfahren? Das alles dachte sich Starzew, als er im Klub zwischen den Kartentischen herumirrte; um halb elf fasste er aber plötzlich den Entschluss und fuhr zum Friedhof.

Jetzt hatte er schon ein eigenes Paar Pferde und den Kutscher Pantelejmon, der eine Samtweste trug. Der Mond schien hell.

Alles war still, die Luft war warm, doch von einer eigentümlichen herbstlichen Wärme. In der Vorstadt, in der Nähe des Schlachthauses heulten die Hunde. Starzew ließ seinen Wagen in einer der Gassen an der Stadtgrenze stehen und ging zu Fuß zum Friedhof. – Jeder Mensch hat seine Eigenheiten, – sagte er sich. – Auch das Kätzchen ist so sonderbar, wer weiß, vielleicht ist es ihr Ernst, und sie wird kommen. – Er gab sich dieser schwachen, eitlen Hoffnung hin, und sie berauschte ihn.

Als er eine halbe Werst durch das Feld gegangen war, sah er den Friedhof in der Ferne wie einen dunklen Streifen, wie einen Wald oder einen groben Garten liegen. Bald unterschied er auch schon die weiße Mauer und das Tor ... Beim Mondscheine konnte man die Inschrift über dem Eingang lesen: »Es kommt die Stunde, und ...« Starzew trat durch die Nebenpforte ein, und das erste, was er sah, waren die weißen Kreuze und Grabsteine zu beiden Seiten einer breiten Allee und die schwarzen Schatten, die sie und die Pappeln warfen; so weit das Auge reichte, war nur Weißes und Schwarzes zu sehen, und die schlafenden Bäume ließen ihre Zweige über das Weiße herabhängen. Hier schien es heller als draußen im Felde. Die Ahornblätter, die an Tatzen erinnerten, hoben sich scharf vom gelben Sande und den Grabplatten ab, und die Inschriften auf den Grabmälern waren deutlich zu lesen. Im ersten Augenblick war Starzew ganz bestürzt vom Anblick, der sich ihm jetzt zum ersten Mal bot und den er wohl nie wieder erleben würde: eine Welt, die keiner anderen glich, eine Welt, wo das Mondlicht so schön und mild war, als ob hier seine Wiege stünde, eine Welt, wo es kein Leben gab, wo aber in jeder dunklen Pappel, in jedem Grabstein ein Geheimnis wohnte, das ein stilles, schönes, ewiges Leben verhieß. Die Grabsteine und die welken Blumen atmeten zugleich mit dem Geruch des Herbstlaubes eine Stimmung von Allverzeihung, Trauer und Ruhe.

Stille ringsum; in tiefer Demut blickten die Sterne vom Himmel herab, und die Schritte Starzews hallten unpassend laut. Und erst als die Kirchenuhr zu schlagen anfing und er sich vorstellte, wie er hier tot, für alle Ewigkeit eingescharrt liegt, kam es ihm vor, als ob ihn jemand anstarrte, und er dachte eine Weile, dass es nicht die Ruhe und nicht die Stille sei, sondern die dumpfe Trauer des Nichtseins, eine unterdrückte Verzweiflung ...

Das Grabmal Demetti war eine von einem Engel gekrönte Kapelle; in S. hatte sich einmal auf der Durchreise eine italienische Operntruppe aufgehalten; eine der Sängerinnen war hier gestorben und ruhte unter dieser Kapelle. In der ganzen Stadt erinnerte sich ihrer kaum ein Mensch, aber das Lämpchen über dem Eingang glitzerte im Mondlichte und schien zu brennen.

Niemand war da. Wer wird auch zur Mitternachtsstunde herkommen? Aber Starzew wartete. Das Mondlicht erhitzte gleichsam seine Leidenschaft, und er wartete mit Sehnsucht und träumte von Umarmungen und Küssen. So saß er etwa eine halbe Stunde am Grabmal, ging dann, den Hut in der Hand, einmal durch die Seitenalleen und dachte an die vielen Frauen und Mädchen, die hier in diesen Gräbern ruhen, die schön und bezaubernd waren, die liebten und in Liebesnächten vor Leidenschaften verbrannten. Wie grausam macht sich doch Mutter Natur über den Menschen lustig, und wie kränkend ist es, dies zu fühlen! So dachte sich Starzew und zugleich wollte er aufschreien, dass er es nicht wolle, dass er die Liebe um jeden Preis erwarte; was vor ihm schimmerte, war kein Marmor mehr, es waren schöne Körper, er sah die Formen, die sich verschämt im Schatten der Bäume versteckten, er fühlte ihre Wärme, und dieses Gefühl wurde zu einer unerträglichen Qual ...

Plötzlich fiel der Vorhang: Der Mond verschwand hinter den Wolken, und alles war auf einmal dunkel. Starzew fand mit Mühe den Ausgang, – es war schon so dunkel wie in einer richtigen Herbstnacht, – und suchte dann eine halbe Stunde die Gasse, wo er seinen Wagen stehen gelassen hatte.

»Ich bin so müde, dass ich mich kaum auf den Füssen halte«, sagte er zu Pantelejmon.

Und als er sich mit einem Wohlgefühl in den Wagen setzte, dachte er sich:

– Ach, es ist wirklich nicht gut, wenn ich noch mehr zunehme! –

3

Am nächsten Abend fuhr er zu den Turkins, um einen offiziellen Antrag zu machen. Er kam aber ungelegen: Jekaterina Iwanowna war mit dem Friseur in ihrem Zimmer, sie wollte in den Klub zu einem Tanzabend.

Er musste lange im Esszimmer sitzen und Tee trinken. Als Iwan Petrowitsch merkte, dass der Gast nachdenklich war und sich langweilte, holte er aus der Westentasche einen Zettel und las einen sehr drolligen Bericht eines deutschen, der russischen Sprache nicht mächtigen, Gutsverwalters vor.

– Sie werden wohl eine recht anständige Mitgift geben, – dachte sich Starzew, kaum zuhörend.

Nach der schlaflosen Nacht fühlte er sich so, als ob er etwas Süßes und Einschläferndes getrunken hätte. Alle seine Empfindungen waren unklar und verworren, aber es war ihm doch freudig und warm ums Herz, obwohl ein kaltes, schweres Stückchen seines Gehirns ihm zuredete:

– Halt ein, solange es nicht zu spät ist! Ist sie denn die richtige Frau für dich? Sie ist launisch, verzogen, ist gewohnt, bis zwei Uhr zu schlafen, du aber bist der Sohn eines Küsters und ein Landarzt ...

– Was macht denn das? – entgegnete er darauf. – Von mir aus! –

– Außerdem, wenn du sie heiratest, – fuhr das Stückchen Gehirn fort, – werden ihre Eltern dich zwingen, deine Stel-

lung auf dem Lande aufzugeben und in die Stadt zu ziehen.
–
– Was macht das? – sagte er sich. – Warum soll ich auch nicht in der Stadt wohnen? Sie werden mir eine Mitgift geben, und wir werden uns schön einrichten ... –

Endlich erschien Jekaterina Iwanowna in einem ausgeschnittenen Ballkleid mit einem Dekolleté, hübsch, frisch, blühend, und Starzew geriet in solches Entzücken, dass er kein Wort hervorbringen konnte und sie nur anstarrte und lachte.

Sie begann sich zu verabschieden. Da er hier sonst nichts zu suchen hatte, erhob er sich auch und erklärte, dass er heimmüsse: Seine Patienten erwarteten ihn.

»Nichts zu machen«, sagte darauf Iwan Petrowitsch, »fahren Sie nur heim; Katja kann übrigens mit Ihnen bis zum Klub mitfahren.«

Draußen ging ein feiner Sprühregen nieder, und es war so finster, dass man nur am heiseren Husten Pantelejmons erkennen konnte, wo der Wagen stand. Man hob das Verdeck.

»Essigsaure Tonerde, isst du saure Tonerde«, deklamierte Iwan Petrowitsch, seiner Tochter in den Wagen helfend, »isst er saure Tonerde ... Los! Leben Sie sowohl, als auch!«

Sie fuhren ab.

»Ich war gestern auf dem Friedhof«, begann Starzew. »Wie wenig großmütig war es von Ihnen und wie grausam!«

»Sie waren auf dem Friedhof?«

»Ja, ich war da und habe auf Sie fast bis zwei Uhr gewartet. Habe so furchtbar gelitten ...«

»Leiden Sie nur, wenn Sie keinen Spaß verstehen.«

Jekaterina Iwanowna war höchst zufrieden, dass sie den Verliebten so schön angeführt hatte und dass er sie so leidenschaftlich liebte; sie fing zu lachen an und schrie plötzlich erschrocken auf, da der Wagen in diesem Augenblick in den Hof des Klubs einfuhr und sich stark auf die Seite neigte.

Starzew fasste sie um die Taille; sie schmiegte sich erschrocken an ihn, er konnte sich nicht mehr beherrschen und küsste sie leidenschaftlich auf den Mund und auf das Kinn und umarmte sie noch fester.

»Genug!«, sagte sie trocken.

Nach einem Augenblick war sie nicht mehr im Wagen, und der Schutzmann vor der hellerleuchteten Klubeinfahrt schrie den Kutscher Pantelejmon mit widerlicher Stimme an:

»Was stehst du da, du Maulaffe? Weiterfahren!«

Starzew fuhr nach Hause, kam aber bald wieder zurück. In einem fremden Frack, mit einer steifen weißen Binde, die immer nach oben rutschen wollte, saß er um Mitternacht im Gesellschaftszimmer des Klubs und sprach begeistert zu Jekaterina Iwanowna:

»Wie wenig wissen die, die niemals geliebt haben! Mir scheint, dass noch kein Dichter die Liebe richtig beschrieben hat, dass man dieses zarte, freudige und qualvolle Gefühl kaum beschreiben kann, und dass ein Mensch, der es auch nur einmal erfahren, es niemals mit Worten wiedergeben wird. Wozu alle die Vorworte und Schilderungen? Wozu die unnötigen Phrasen? Meine Liebe ist grenzenlos ... Ich bitte, ich flehe Sie an«, entfuhr es ihm plötzlich, »werden Sie die Meine!«

»Dmitrij Ionytsch«, sagte Jekaterina Iwanowna nach kurzer Überlegung mit sehr ernstem Gesichtsausdruck, Dmitrij Ionytsch, ich danke Ihnen für die Ehre, ich achte Sie sehr, aber ...« Sie erhob sich und fuhr stehend fort: »Aber entschuldigen Sie, ich kann nicht die Ihre werden. Wollen wir uns ernst aussprechen. Dmitrij Ionytsch, Sie wissen, dass ich mehr als alles im Leben die Kunst liebe, dass ich die Musik vergöttere und ihr mein ganzes Leben geweiht habe. Ich will Künstlerin werden, ich dürste nach Ruhm, nach Erfolgen, nach Freiheit, Sie aber wollen, dass ich auch weiterhin in dieser Stadt lebe und dieses leere, unnütze Leben, das mir unerträglich ist, fortführe. Ich soll heiraten? Oh, nein, entschuldigen Sie! Der Mensch muss nach höheren, glänzenderen Zielen streben, das Familienleben würde mich aber für immer fesseln. Dmitrij Ionytsch (sie lächelte leise, da sein Name sie plötzlich an ›Alexej Feofilaktowitsch‹ erinnerte), Dmitrij Ionytsch, Sie sind ein guter, edler, kluger Mensch, Sie sind besser als alle ...« Tränen traten ihr in die Augen. »Ich fühle mit ganzem Herzen mit Ihnen, aber ... aber Sie müssen mich verstehen ...«

Um nicht in Tränen auszubrechen, wandte sie sich ab und verließ das Zimmer.

Starzews unruhiges Herzklopfen hörte auf einmal auf. Als er wieder auf der Straße war, riss er sich vor allen Dingen die steife Binde herunter und holte tief Atem. Er schämte sich ein wenig, sein Ehrgeiz war verletzt, – er hatte den Korb nicht erwartet, – und er konnte noch nicht glauben, dass alle seine Träume, Gedanken und Hoffnungen ein so dummes Ende genommen haben wie irgendeine alberne Posse in einer Liebhaberaufführung. Sein Gefühl, seine Liebe taten ihm so sehr leid, dass er imstande gewesen wäre, zu weinen oder den Kutscher Pantelejmon aus aller Kraft mit dem Regenschirm auf den breiten Rücken zu hauen.

An die drei Tage konnte er weder arbeiten, noch essen und schlafen; als er aber hörte, dass Jekaterina Iwanowna nach Moskau verreist war, um ins Konservatorium einzutreten, beruhigte er sich und lebte wieder so wie vorher.

Als er sich später manchmal daran erinnerte, wie er auf dem Friedhof herumgeirrt oder wie er in der ganzen Stadt auf der Suche nach einem Frack herumgelaufen war, reckte er träge seine Glieder und sagte:

»So viele Scherereien ...«

4

Vier Jahre waren vergangen. Starzew hatte schon in der Stadt eine große Praxis. Jeden Morgen empfing er in großer Hast seine Djalischer Patienten und begab sich dann in die Stadt, von wo er erst spät in der Nacht zurückkehrte. Jetzt fuhr er nicht mehr mit einem Paar Pferde, sondern mit einer Troika mit Schellengeläute. Er war dick und behäbig geworden und ging ungern zu Fuß, da er an Atemnot litt. Auch Pantelejmon war dick geworden, und je mehr er in die Breite ging, um so trauriger seufzte und beklagte er sich über sein bitteres Los: Das viele Fahren bringe ihn um! Starzew kam in verschiedene Häuser und lernte viele Menschen kennen, wurde aber mit niemand intim. Alle Stadtbewohner ärgerten ihn mit ihren Gesprächen, Lebensanschauungen und selbst mit ihrem Aussehen. Die Erfahrung hatte ihn gelehrt, dass so ein Bürger, solange man mit ihm Karten spielt oder trinkt, ein friedlicher, gutmütiger und sogar gar nicht dummer Mensch ist; kaum versucht man aber mit ihm über etwas, was sich nicht auf das Essen bezieht, über Politik oder Wissenschaft zu sprechen, so ist er auf einmal ganz blöd, oder äußert so stumpfsinnige und gehässige Ansichten, dass nichts anderes übrig bleibt, als ihn stehen zu lassen und wegzugehen. Wenn Starzew mit irgendeinem, sogar liberalen Bürger z. B. darüber zu sprechen versuchte, dass die Menschheit, Gott sei Dank, vorwärtsschreite und sich mit der Zeit auch ohne Pässe und Todesstrafe behelfen werde, so schielte ihn der Bürger misstrauisch an und fragte: »Dann darf also jedermann jeden Menschen auf offener Straße abschlachten?« Und wenn Starzew in Gesellschaft bei einem Abendessen oder Tee sagte, dass alle Menschen arbeiten müssen und dass man ohne Arbeit nicht leben dürfe, so fasste es ein jeder als einen Vorwurf auf und begann zu widersprechen oder wurde böse. Dabei lebten die Bürger absolut müßig und interessierten sich für nichts, sodass man sich unmöglich ausdenken konnte, worüber mit ihnen zu sprechen. Und Starzew mied auch alle Gespräche und beschränkte seinen Verkehr darauf, dass er mit den Leuten trank oder Whist spielte; wenn er irgendwo zu einer Familienfeier geladen war, so aß er schweigend und blickte von seinem Teller nicht auf; alles, was um ihn her gesprochen wurde, war uninteressant, ungerecht und dumm, er spürte Ärger, regte sich auf, aber schwieg. Und weil er immer schwieg und in den Teller blickte, nannten ihn die Leute »aufgeblasener Pollake«, obwohl er mit Polen gar nichts zu tun hatte.

Theater und Konzerte besuchte er nicht, spielte aber dafür jeden Abend mit Hochgenuss drei Stunden Whist. Er hatte noch eine Zerstreuung, die ihm ganz allmählich zu einer Leidenschaft geworden war: allabendlich die durch die Praxis verdienten Banknoten aus den Taschen zusammenzukramen; es kam vor, dass die gelben Einrubelscheine und die grünen Dreirubelscheine, die nach Parfüm, Essig, Weihrauch und Tran rochen, zusammen ganze siebzig Rubel ausmachten. Und wenn er einige Hunderte beisammenhatte, brachte er sie auf die Gesellschaft für gegenseitigen Kredite und ließ sie sich auf sein Konto gutschreiben.

In den vier Jahren seit der Abreise Jekaterina Iwanownas hatte er die Turkins nur zweimal besucht, beide Male auf Einladung Wera Iossifownas, die noch immer an Migräne litt. Jekaterina Iwanowna kam jeden Sommer zu ihren Eltern auf Besuch, aber es traf sich immer so, dass er sie nicht sah.

Nun waren die vier Jahre um. An einem stillen, warmen Morgen brachte man ihm ins Krankenhaus einen Brief. Wera Iossifowna schrieb, dass sie sich nach Dmitrij Ionytsch sehne und bat ihn unbedingt zu kommen, um ihre Qualen zu lindern; übrigens habe sie heute Geburtstag. Unten stand die Nachschrift: »Auch ich schließe mich der Bitte Mamas an. K.«

Starzew überlegte sich die Sache und fuhr am Abend zu den Turkins.

»Ich grüße Sie!«, empfing ihn Iwan Petrowitsch mit den Augen allein lächelnd. »Bon jour!«

Wera Iossifowna, die stark gealtert war und graues Haar hatte, drückte Starzew die Hand, seufzte manieriert und sagte:

»Sie wollen mir wohl nicht mehr den Hof machen, denn Sie kommen nicht mehr zu uns. Ich bin wohl zu alt für Sie. Nun ist aber die Junge gekommen, vielleicht wird sie mehr Glück haben.«

Und das Kätzchen? Sie war magerer, bleicher, hübscher und schlanker geworden; aber sie war Jekaterina Iwanowna und kein Kätzchen mehr; die frühere Frische und der kindlich naive Ausdruck waren verschwunden. In den Blicken und den Manieren lag etwas Neues, Ängstliches und Schuldbewusstes, als fühlte sie sich hier bei den Turkins nicht mehr zu Hause.

»Gott, wie lange haben wir uns nicht gesehen!«, sagte sie, Starzew die Hand reichend, und er konnte sehen, wie erregt ihr Herz klopfte; sie blickte ihm gespannt und neugierig ins Gesicht und fuhr fort: »Wie voll Sie geworden sind! Sie sind braun und etwas älter geworden, haben sich aber sonst wenig verändert.«

Auch jetzt gefiel sie ihm, gefiel ihm gut, doch etwas fehlte an ihr, oder etwas war an ihr zu viel, – er wusste selbst nicht zu sagen, was es war; aber etwas ließ in ihm nicht mehr die früheren Gefühle aufkommen. Ihm missfiel ihre Blässe, ihr neuer Ausdruck, das matte Lächeln, die Stimme, und etwas später missfiel ihm auch schon ihr Kleid, der Sessel, in dem sie saß; auch in der Vergangenheit, als er sie beinahe geheiratet hätte, missfiel ihm etwas. Er gedachte seiner Liebe, seiner Träume und Hoffnungen, die ihn vor vier Jahren erfüllt hatten, und wurde auf einmal verlegen.

Man trank Tee mit Kuchen. Dann las Wera Iossifowna einen Roman vor, las von Dingen, die im Leben niemals vorkommen, und Starzew hörte zu, sah ihren grauen schönen Kopf an und wartete, dass sie aufhöre.

– Talentlos – dachte er sich – ist nicht der, der keine Novellen zu schreiben versteht, sondern der, der sie schreibt und es nicht verheimlichen kann.

»Nicht übelhaft«, sagte Iwan Petrowitsch.

Nach der Vorlesung spielte Jekaterina Iwanowna sehr lange und sehr laut Klavier, und als sie fertig war, dankte man ihr und war entzückt über ihr Spiel.

– Es ist doch gut, dass ich sie nicht geheiratet habe, – dachte sich Starzew.

Sie sah ihn an und erwartete offenbar, dass er ihr vorschlagen werde, in den Garten zu gehen, er aber schwieg.

»Nun, wollen wir ein wenig sprechen«, sagte sie, auf ihn zugehend. »Wie leben Sie? Wie geht es Ihnen? Ich habe alle diese Tage an Sie gedacht«, fuhr sie nervös fort, »ich wollte Ihnen schreiben, wollte selbst zu Ihnen nach Djalisch kommen, und wäre auch gekommen, wenn ich es mir nicht überlegt hätte: Gott allein weiß, was Sie von mir jetzt halten. Mit solcher Aufregung habe ich Sie heute erwartet. Um Gottes willen gehen wir doch in den Garten.«

Sie gingen in den Garten und setzten sich auf die gleiche Bank unter dem alten Ahorn wie vor vier Jahren. Es war finster.

»Nun, wie geht es Ihnen?«, fragte Jekaterina Iwanowna.

»Danke, es geht«, antwortete Starzew.

Und er wusste nichts mehr zu sagen. Beide schwiegen.

»Ich bin so aufgeregt«, sagte Jekaterina Iwanowna nach einer Weile und bedeckte das Gesicht mit den Händen: »aber achten Sie darauf nicht. Ich fühle mich so wohl zu Hause, ich bin so froh, alle wiederzusehen und kann mich gar nicht gewöhnen. So viele Erinnerungen! Ich glaubte, dass wir bis morgen früh sprechen würden.«

Jetzt sah er ihr Gesicht und ihre glänzenden Augen in der Nähe, und sie erschien ihm hier im Dunkeln jünger als im Zimmer, und selbst ihr kindlicher Ausdruck von einst war zurückgekehrt. Sie blickte ihn tatsächlich mit naiver Neugier an, als wollte sie sich den Menschen, der sie einst so heiß, so zärtlich und so unglücklich geliebt hatte, näher ansehen und begreifen. Und er erinnerte sich des Vergangenen mit allen Einzelheiten, wie er auf dem Friedhof herumgeirrt war und wie er dann beim Morgengrauen todmüde nach Hause zurückkehrte, und es wurde ihm plötzlich traurig zumute, und das Vergangene tat ihm leid. In seiner Seele glimmte wieder ein Feuer.

»Erinnern Sie sich noch, wie ich Sie zum Tanzabend im Klub begleitete?«, sagte er. »Es regnete und war stockfinster.«

Das Flämmchen lohte immer stärker, und er hatte Lust, zu sprechen und sich über das Leben zu beklagen ....

»Ach ja!«, sagte er mit einem Seufzer. »Sie fragten soeben, wie es mir geht. Wie geht es uns hier allen? Wir werden alt, fett und sinken immer tiefer. Ein Tag ist wie der andere, das Leben vergeht farblos, ohne Eindrücke, ohne Gedanken ... Bei Tage verdiene ich Geld, und abends sitze ich im Klub in Gesellschaft von Spielern und Alkoholikern, die ich nicht leiden kann. Es ist gar nicht schön.«

»Aber Sie haben Ihre Arbeit, ein edles Lebensziel. Sie sprachen einst mit solcher Liebe von Ihrem Krankenhaus. Ich war damals so eigen, bildete mir ein, eine hervorragende Pianistin zu sein. Alle jungen Mädchen spielen heute Klavier, und ich spielte ebenso wie die anderen, durchaus nicht hervorragend; ich bin als Pianistin dasselbe, was meine Mama als Dichterin ist. Natürlich hatte ich Sie damals nicht verstanden, aber später, in Moskau dachte ich oft an Sie. Ich dachte überhaupt nur an Sie. Was für ein Glück ist es, Landarzt zu sein und dem leidenden Volke zu dienen! Was für ein Glück!«, wiederholte Jekaterina Iwanowna mit Begeisterung. »Als ich an Sie in Moskau dachte, erschienen Sie mir als ein idealer, erhabener Mensch ...«

Starzew musste an die Banknoten denken, die er jeden Abend mit solchem Genuss aus seinen Taschen zusammenkramte, und das Flämmchen in seiner Seele erlosch.

Er stand auf, um ins Haus zu gehen. Sie nahm seinen Arm.

»Sie sind der Beste von allen Menschen, die mir im Leben begegnet sind«, fuhr sie fort. »Wir werden uns jetzt öfter sehen und sprechen, nicht wahr? Versprechen Sie es mir. Ich bin keine Pianistin, ich bilde mir nichts mehr ein, und werde in Ihrer Anwesenheit weder spielen noch von Musik sprechen.«

Als sie ins Haus kamen und Starzew bei Abendbeleuchtung ihr Gesicht und ihre traurigem, dankbaren, fragenden Augen, die sie auf ihn gerichtet hielt, sah, empfand er eine gewisse Unruhe und sagte sich wieder:

– Es ist doch gut, dass ich sie damals nicht geheiratet habe. –

Er begann Abschied zu nehmen.

»Sie haben gar kein römisches Recht, vor dem Abendessen wegzugehen«, sagte Iwan Petrowitsch, ihn hinausbegleitend. »Das ist von Ihrer Seite höchst unpopulär. Nun, produziere dich!«, wandte er sich im Vorzimmer an Pawa.

Pawa, der kein Junge mehr, sondern ein junger Mann mit einem Schnurrbart war, stellte sich in Positur, hob eine Hand und sprach mit tragischer Stimme:

»Stirb, Unselige!«

All das ärgerte Starzew. Als er sich in den Wagen setzte und auf das dunkle Haus und den Garten zurückblickte, die ihm einst so lieb gewesen, kam ihm wieder alles in den Sinn: die Romane Wera Iossifownas, das laute Klavierspiel des Kätzchens, die Witze Iwan Petrowitschs, die tragische Positur Pawas, und er sagte sich, was das doch für eine traurige Stadt sein müsse, wo die talentiertesten Menschen so furchtbar talentlos seien.

Nach drei Tagen brachte ihm Pawa einen Brief von Jekaterina Iwanowna.

»Sie kommen nicht mehr zu uns. Warum?«, schrieb sie ihm: »Ich fürchte, dass Ihr Verhältnis zu uns sich geändert hat, ich fürchte es, und vor diesem Gedanken ist es mir ganz bange zumute. Beruhigen Sie mich, kommen Sie zu uns und sagen Sie mir, dass alles gut ist.
Ich muss Sie sprechen.

Ihre J. T.«

Er las den Brief, überlegte sich eine Weile und sagte zu Pawa: »Sag ihr, mein Bester, dass ich heute beschäftigt bin und nicht kommen kann. Sag, dass ich so in drei Tagen kommen werde.«
Es vergingen aber drei Tage und acht Tage, und er ließ sich nicht blicken. Als er einmal am Hause der Turkins vorbeifuhr, fiel ihm ein, dass er doch eigentlich für ein paar Minuten hineinschauen sollte, – das dachte er sich und ging doch nicht hin.
Und er kam nie wieder zu den Turkins.
Es sind noch einige Jahre vergangen. Starzew ist noch dicker und fetter geworden, atmet schwer und wirft im Gehen den Kopf in den Nacken zurück. Wenn er, aufgedunsen und rot in seiner Troika mit dem Schellengeläute fährt und Pantelejmon, der ebenso dick und rot geworden ist und einen fleischigen Nacken hat, auf dem Bocke sitzt, die Arme so gerade, wie wenn sie aus Holz wären, vor sich ausgestreckt, und die Leute auf der Straße anschreit: »Rechts!«, – so ist das Bild so imposant, als ob kein Mensch, sondern ein Götze im Wagen säße. Er hat in der Stadt eine riesengroße Praxis, die ihm keinen Augenblick freie Zeit lässt, besitzt ein Gut und zwei Häuser in der Stadt und ist eben im Begriff, ein drittes Haus möglichst vorteilhaft zu kaufen. Wenn er in der »Gesellschaft für gegenseitigen Kredit« von einem Hause hört, das zum Verkauf steht, so begibt er sich in dieses Haus, geht ungeniert durch alle Zimmer, ohne auf die nicht angekleideten Frauen und Kinder, die ihn mit Erstaunen und Angst angaf-

fen, zu achten, tippt mit dem Spazierstock an alle Türen und fragt:

»Ist hier das Kabinett? Hier das Schlafzimmer? Und was ist hier?«

Dabei atmet er schwer und wischt sich den Schweiß aus der Stirn.

Er hat furchtbar viel zu tun, und doch gibt er die Landarztstelle nicht auf; so gierig ist er und will ja keinen Pfennig verlieren. In Djalisch und in der Stadt nennt man ihn jetzt ganz kurz »Ionytsch«. – »Wo fährt der Ionytsch hin?« oder: »Soll man nicht den Ionytsch zum Konsilium rufen?«

Seine Stimme hat sich verändert und ist hoch und schneidend geworden, wohl weil seine Kehle verfettet ist. Auch sein Charakter hat sich verändert: Er ist unverträglich und reizbar. Wenn er seine Kranken empfängt, klopft er ungeduldig mit dem Stock gegen den Boden und schreit mit böser widerlicher Stimme:

»Wollen Sie nur meine Fragen beantworten! Keine überflüssigen Gespräche!«

Er ist einsam. Sein Leben ist langweilig, und er hat für nichts Interesse.

Wahrend der ganzen Zeit, seit er in Djalisch wohnt, war seine Liebe zum Kätzchen seine einzige und wohl auch seine letzte Freude gewesen. Abends spielt er im Klub Whist und isst dann allein am großen Tisch zu Abend. Ihn bedient der älteste und geachtetste Kellner Iwan; er trinkt den Lafitte Nr. 17; die Vorsteher des Klubs, der Koch und der Kellner, alle wissen genau, was er liebt, und was er nicht liebt, und bemühen sich, ihn nach Möglichkeit zufriedenzustellen, damit er nicht auffährt und mit dem Stock gegen den Boden klopft.

Beim Abendessen wendet er sich manchmal um und mischt sich in ein fremdes Gespräch ein:

»Von wem sprachen Sie eben? Wie?«

Und wenn mal an einem der Nebentische die Rede auf die Turkins kommt, so fragt er:

»Was für Turkins meinen Sie? Die, wo die Tochter Klavier spielt?«

Das ist alles, was man über ihn berichten kann.

Und die Turkins? Iwan Petrowitsch ist gar nicht gealtert, hat sich nicht verändert und macht noch immer seine Witze; Wera Iossifowna liest den Gästen nach wie vor in aller Herzenseinfalt ihre Romane vor. Und das Kätzchen spielt täglich an die vier Stunden Klavier. Sie ist sichtlich älter geworden, kränkelt und geht jeden Herbst mit der Mutter nach der Krim. Iwan Petrowitsch gibt ihnen das Geleite, und wenn der Zug sich in Bewegung setzt, wischt er sich die Tränen aus den Augen und ruft:

»Leben Sie sowohl, als auch!«

Und winkt mit dem Taschentuch.